張遷碑

過年寫春聯

盧中南

主编　杨华
编　鞠闻天

河南美术出版社
·郑州·

图书在版编目（CIP）数据

张迁碑／鞠闻天编．— 郑州：河南美术出版社，2021.10
（2022.12 重印）
（过年写春联／杨华主编）
ISBN 978-7-5401-5599-5

Ⅰ．①张…　Ⅱ．①鞠…　Ⅲ．①隶书－碑帖－中国－汉代
Ⅳ．① J292.22

中国版本图书馆 CIP 数据核字（2021）第 189670 号

过年写春联·张迁碑

主编　杨　华　　编　鞠闻天

出 版 人　李　勇
责任编辑　庞　迪
责任校对　裴阳月
装帧设计　庞　迪
出版发行　河南美术出版社
　　　　　地址：郑州市郑东新区祥盛街 27 号
　　　　　邮编：450000
　　　　　电话：（0371）65788152
制　　作　河南金鼎美术设计制作有限公司
印　　刷　郑州新海岸电脑彩色制印有限公司
开　　本　787 毫米 ×1092 毫米　1/16
印　　张　6
字　　数　75 千字
版　　次　2021 年 10 月第 1 版
印　　次　2022 年 12 月第 2 次印刷
书　　号　ISBN 978-7-5401-5599-5
定　　价　25.00 元

关于春联

春联也叫“门对”“春贴”“对联”“对子”。它以工整、对偶、简洁、精巧的文字描绘时代背景，抒发美好愿望，是我国特有的一种文学形式。每逢春节，无论城市还是农村，家家户户都要精选一副大红春联贴于门上，为节日增加喜庆气氛。

中国最早的春联相传出自五代后蜀国君孟昶。《宋史·西蜀孟氏》记载：“（孟昶）每岁除，命学士为词，题桃符，置寝门左右。末年，学士幸寅逊撰词，昶以其非工，自命笔题云：‘新年纳余庆，嘉节号长春’。”大意是：新年享受着先代的遗泽，佳节预示着春意常在。这就是春联的雏形。

过年贴春联的民俗起源于宋代，并在明代开始盛行。据《簪云楼杂说》载，明太祖朱元璋酷爱对联，不仅自己挥毫书写，还常常鼓励臣下书写。有一年除夕，他传旨：“公卿士庶家，门上须加春联一副。”后太祖微服出巡，看见各家张贴的春联十分高兴。当他行至一户人家，见门上没有春联，便问何故。原来主人是个杀猪的，正愁找不到人写春联。朱元璋当即挥笔写下了一副内容为“双手劈开生死路，一刀割断是非根”的春联送给了这户人家。从这个故事中可以看出朱元璋对春联的大力提倡，也正是因为他的身体力行，才推动了春联的普及。

到了清代，春联的思想性和艺术性都有了很大提高。梁章钜所撰《楹联丛话》对楹联的起源及各门类作品的特色都一一做了论述，其中就专门提到春联。可见春联在当时已成为一种文学艺术形式。

常见的春联，根据其使用场所与位置的不同，可分为门心、框对、横批、春条、斗斤等。“门心”贴于门板上端中心部位；“框对”贴于左右两个门框上；“横批”贴于门楣的横木上；“春条”是根据不同的内容，贴于相应位置的单幅文字，如过年时在庭院里贴的“抬头见喜”“出入平安”“恭喜发财”等；“斗斤”，也叫“门叶”，为菱形，多贴在家具、单扇门或影壁上，春节时大家喜欢贴的“福”字，就属于“斗斤”。

春节贴“福”字，是我国民间由来已久的风俗。据《梦粱录》记载：“岁旦在迩，席铺百货，画门神桃符，迎春牌儿。”“士庶家不论大小家，俱洒扫门间，去尘秽，净庭户，换门神，挂钟馗，钉桃符，贴春牌，祭祀祖宗。”文中的“春牌”即写在红纸上的“福”字，“福”字代表的是“幸福”“福气”“福运”。民间还有将“福”字精描细作成各种图案的，图案有寿星、寿桃、鲤鱼跳龙门、五谷丰登、龙凤呈祥等。春节贴“福”字，无论是现在还是过去，都寄托了人们对幸福生活的向往，也是对美好未来的祝愿。

俗话说：“一年之计在于春。”在人们的传统观念里，一年中有个好的开端是最惬意、最吉利的事。无论在过去的一年里有什么高兴、得意的事，还是有什么不如意的事，总是希望未来的一年过得更好。因此，在新春即将到来之时，贴春联恰好可以表达这种美好愿望。加之我国人民自古就有乐观向上的精神，寄希望于未来，祈盼未来自己会有好运。于是人们借助于春联表达对即将过去的一年的欣喜和幸福的心境，以及对新的一年的期盼与厚望。

民间有“腊月二十四，家家写大字”的说法，随着中国传统文化的复兴，过年写春联已经成为一种时尚。中国人过春节讲究喜庆、吉利、热闹，人们在春节期间吃好的、喝好的、穿新衣、放鞭炮、走亲访友等，这体现了人们对美好生活的向往，而写春联恰恰暗合了这一点。

本套图书共十六册，每册收录八十余副广大人民群众喜闻乐见的春联。我们邀请著名书法家杨华（楷书）、范彦奎（行书）、王应科（隶书）、陈泓凌（篆书）分别用四种字体精彩演绎，邀请鞠闻天（《张迁碑》）、范彦奎（米芾行书）、蒯奕池（王羲之行书、《曹全碑》）、杨德明（褚遂良楷书）、鲁凤华（欧阳询楷书）、刘善军（颜真卿楷书）、罗锡清（智永楷书、苏轼行书、赵孟頫楷书、赵孟頫行书、王铎行书）对不同字体分别进行精彩组合。希望这套书能为中国传统的春节文化增添一笔浓重的“中国红”。

杨　华

目录

44	年年顺景财源广	岁岁平安福寿多
45	一帆风顺吉星到	满屋花香喜事临
46	好日子开心如意	美家园幸福平安
47	春回大地风光好	福满人间喜事多
48	创大业年年得意	展鸿图事事顺心
49	门迎晓日财源广	户纳春风吉庆多
50	人逢盛世千家乐	户纳春阳万事兴
51	东西南北风光好	春夏秋冬气象新
52	平安顺利人多福	天地通和家进财
53	春满神州千里秀	时逢盛世万家兴
54	三阳开泰人间喜	五福临门大地春
55	风和日丽春常驻	人寿年丰福永存
56	三阳开泰千门喜	九地增辉四海春
57	喜居宝地财兴旺	福照家门富辉煌
58	福旺财旺运气旺	家兴人兴事业兴
59	迎春接福平安岁	招财进宝富贵年
60	春临玉宇桃花艳	福到门庭喜气盈
61	芳草春回依旧绿	梅花时到自然香
62	兴隆百业财源广	和顺全家福寿长
63	宏图大展兴隆宅	泰运宏开富贵家
64	万道祥光腾吉宇	九重春色入华堂
65	春雨细细润万物	红梅点点绣千山
66	吉星永照平安宅	五福常临积善家
67	福星永照平安宅	好景常临康乐家
68	福门鸿运常年盛	宝地财源随日增
69	时来运转家兴旺	心想事成业盛昌
70	生意兴隆增百福	财源广进纳千祥
71	平安即是全家福	和气能生四季财
72	万里山河皆入画	一庭花木又催诗
73	新年新春新气象	好山好水好风光
74	春风赐福全家乐	瑞雪接财喜临门
75	鸟语花香三春好	风调雨顺五谷丰
76	华夏中天艳阳高照	神州大地紫气东来
77	万象更新无山不秀	一元复始有水皆清
78	山山水水诗画新岁	家家户户歌舞丰年
79	事业兴隆门盈喜气	江山秀丽户满春风
80	民安国泰千门报喜	地瑞天祥万户迎春
81	天送祥和芳春永驻	地呈锦绣盛世长存
82	开门迎春春回大地	花开报喜喜满神州
83	绿水常道三春如意	青山不语四季呈祥
84	爆竹一声辞去旧岁	梅花数点迎接新春

85~90

春回大地	新春添彩	国泰民安
福气盈门	月满春盈	财源茂盛
前程似锦	笑迎新春	万里回春
鸟语花香	万事如意	百业兴旺
欢天喜地	万象更新	迎春接福
福星高照	梅传春讯	迎春接福
幸福安康	恭贺新春	喜迎新春
物华天宝	春回华夏	春风化雨
和气致祥	新年大吉	风调雨顺
家事吉祥	户纳千祥	普天同庆

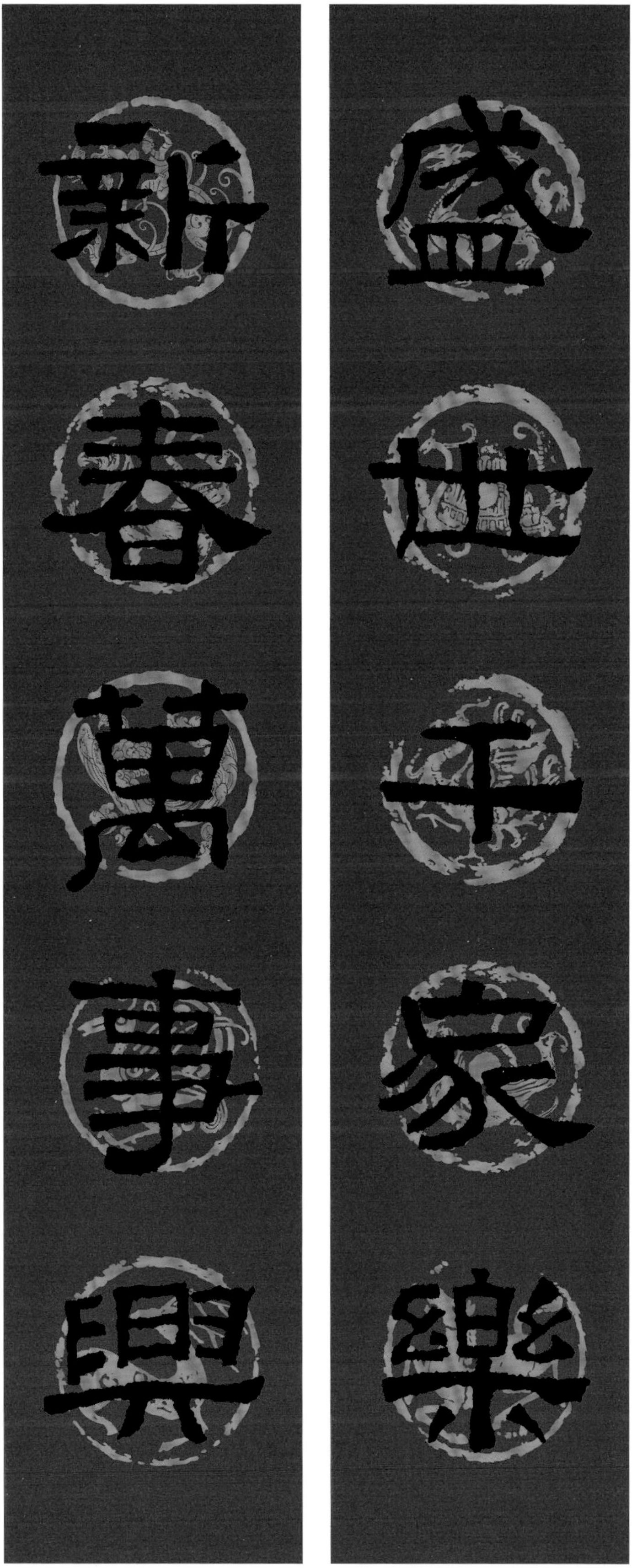

盛世千家乐
新春万事兴

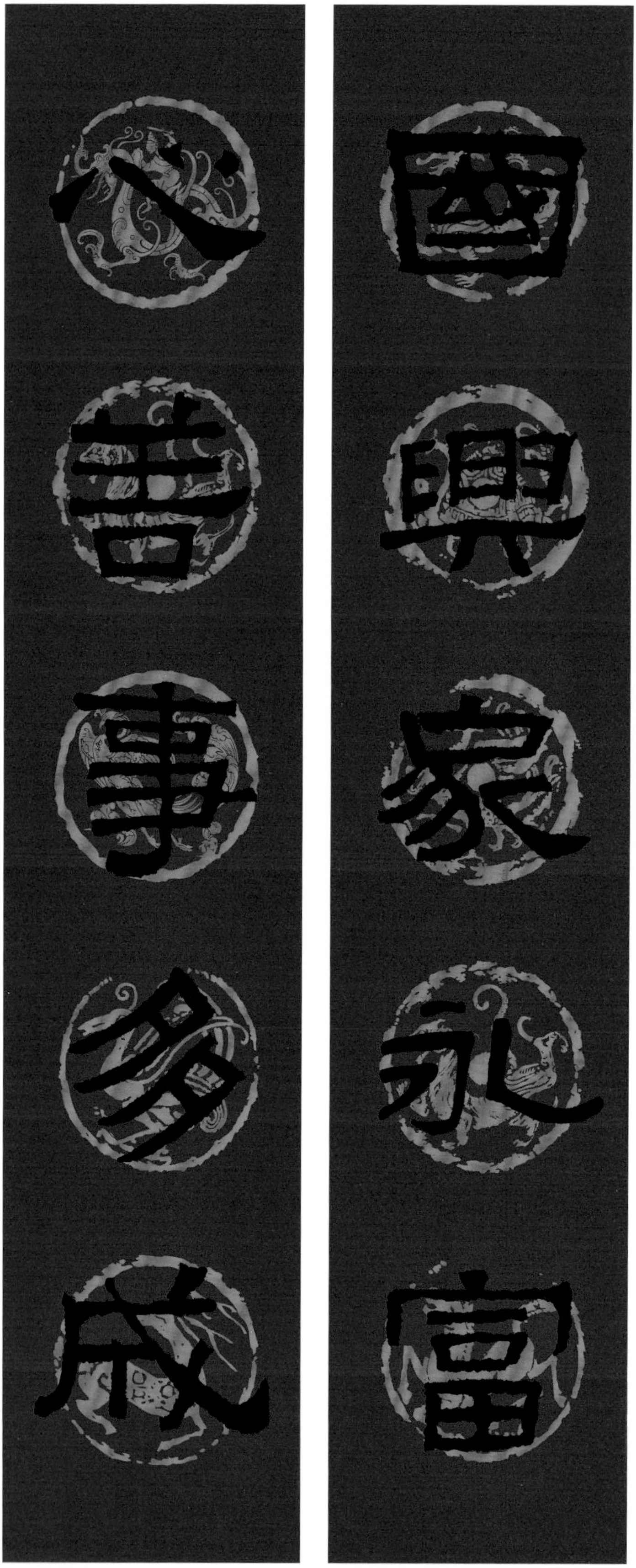

国兴家永富
心善事多成

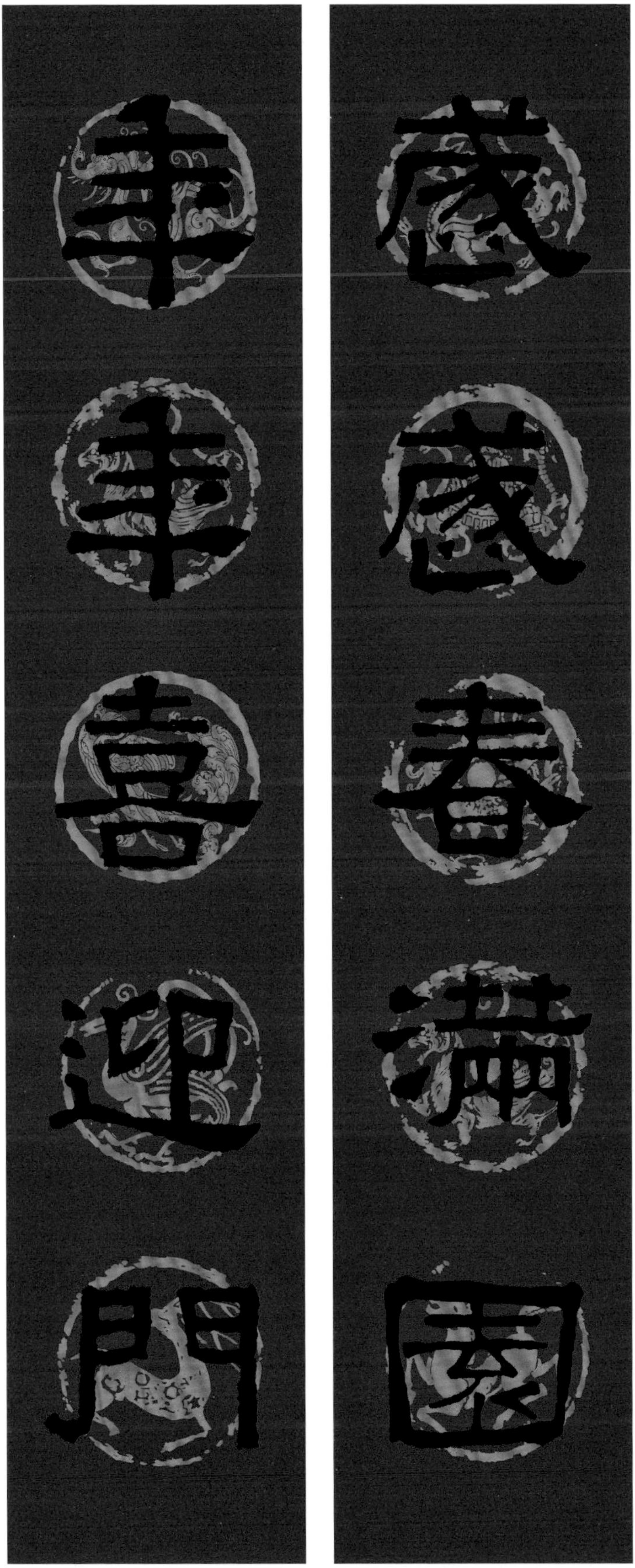

岁岁春满园
年年喜迎门

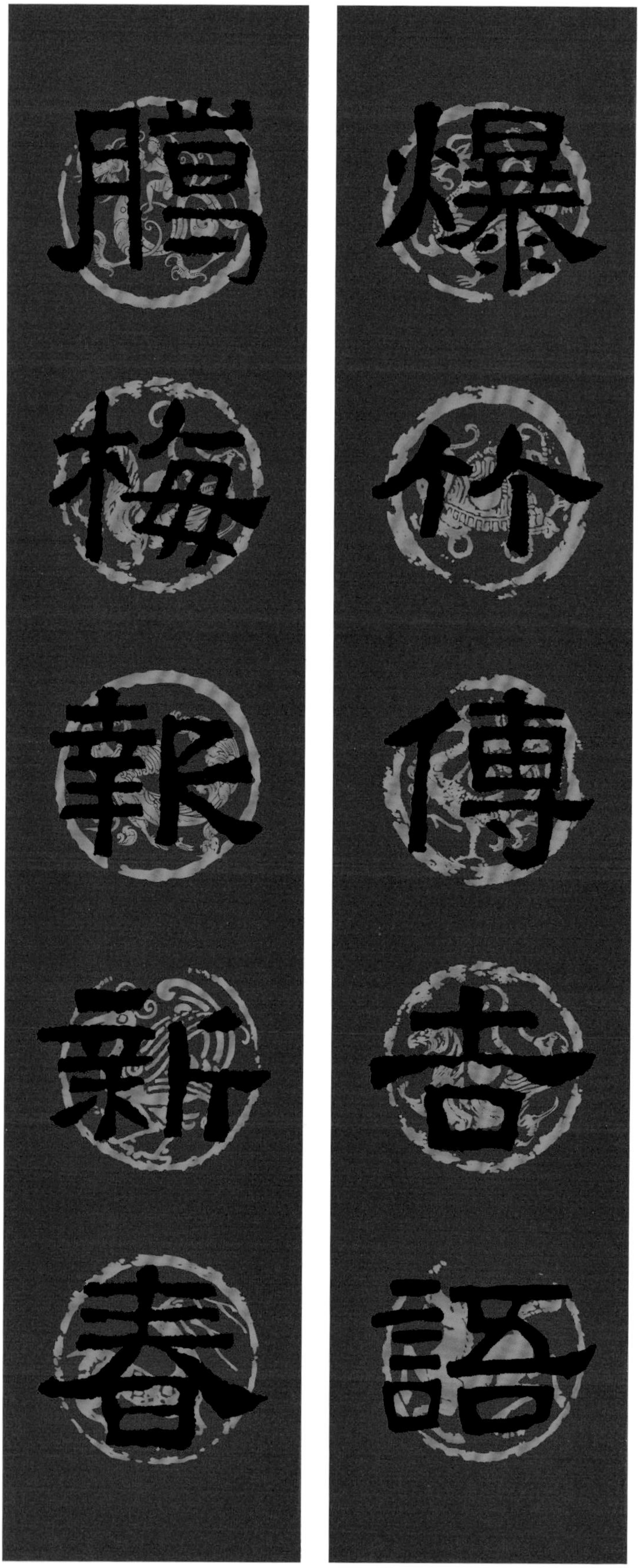

爆竹传吉语
腊梅报新春

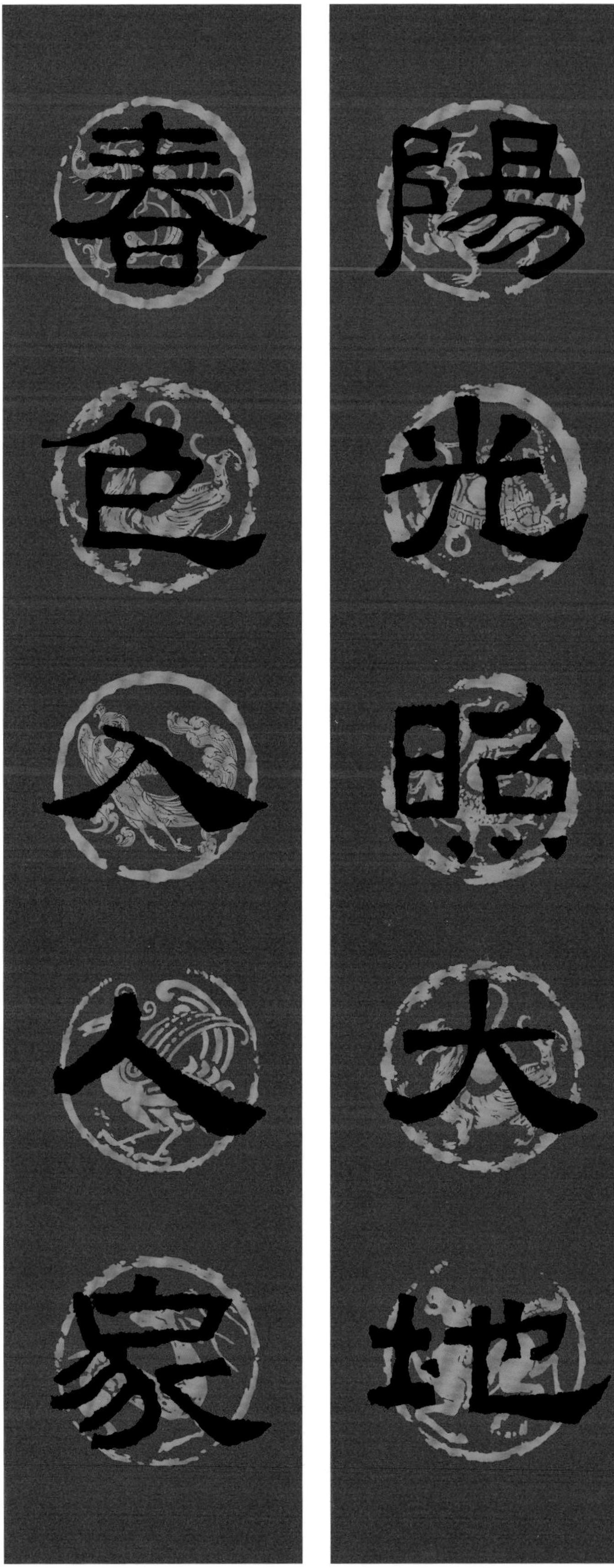

阳光照大地
春色入人家

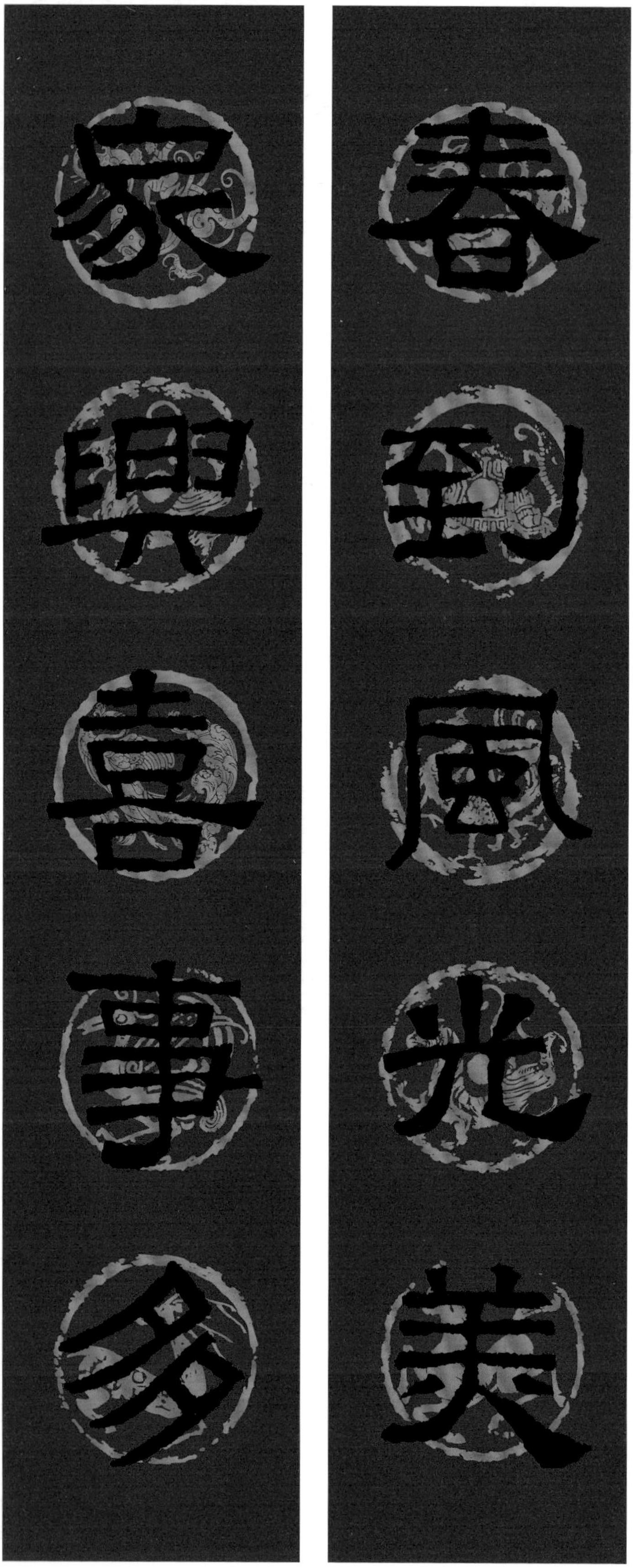

春到风光美
家兴喜事多

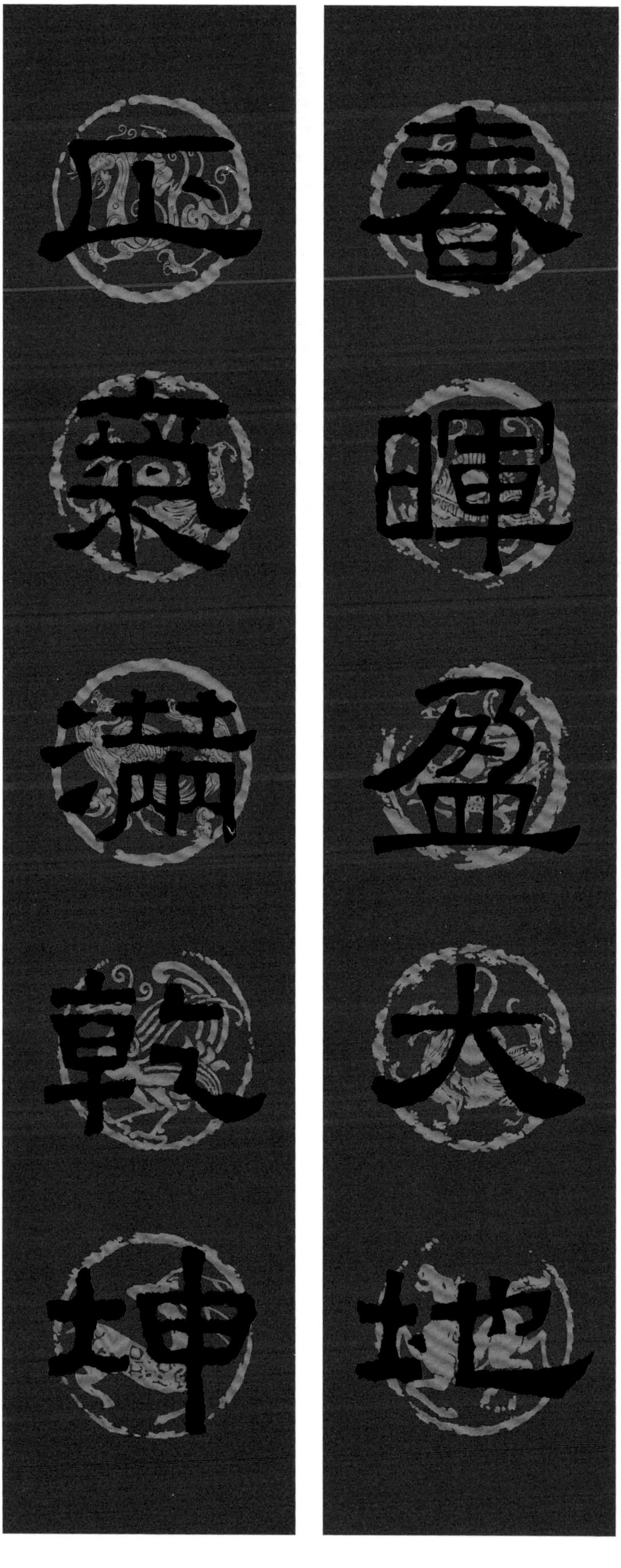

春晖盈大地
正气满乾坤

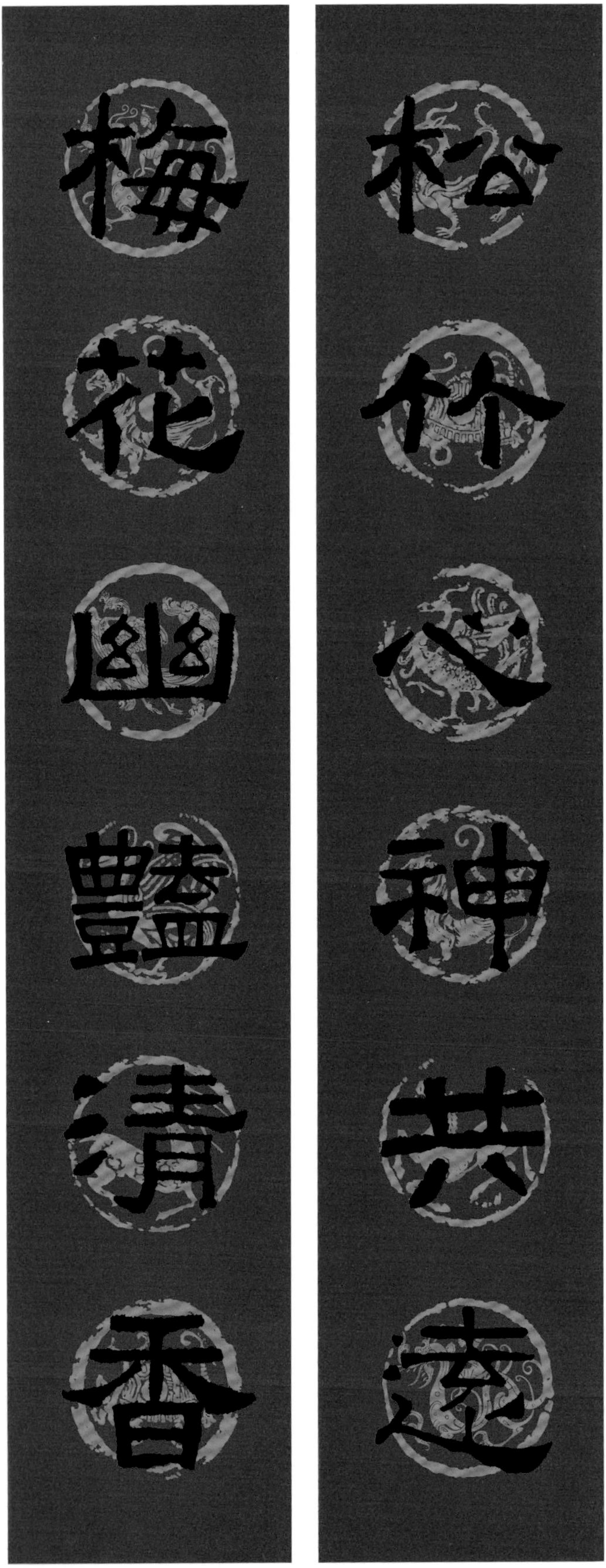

松竹心神共远
梅花幽艳清香

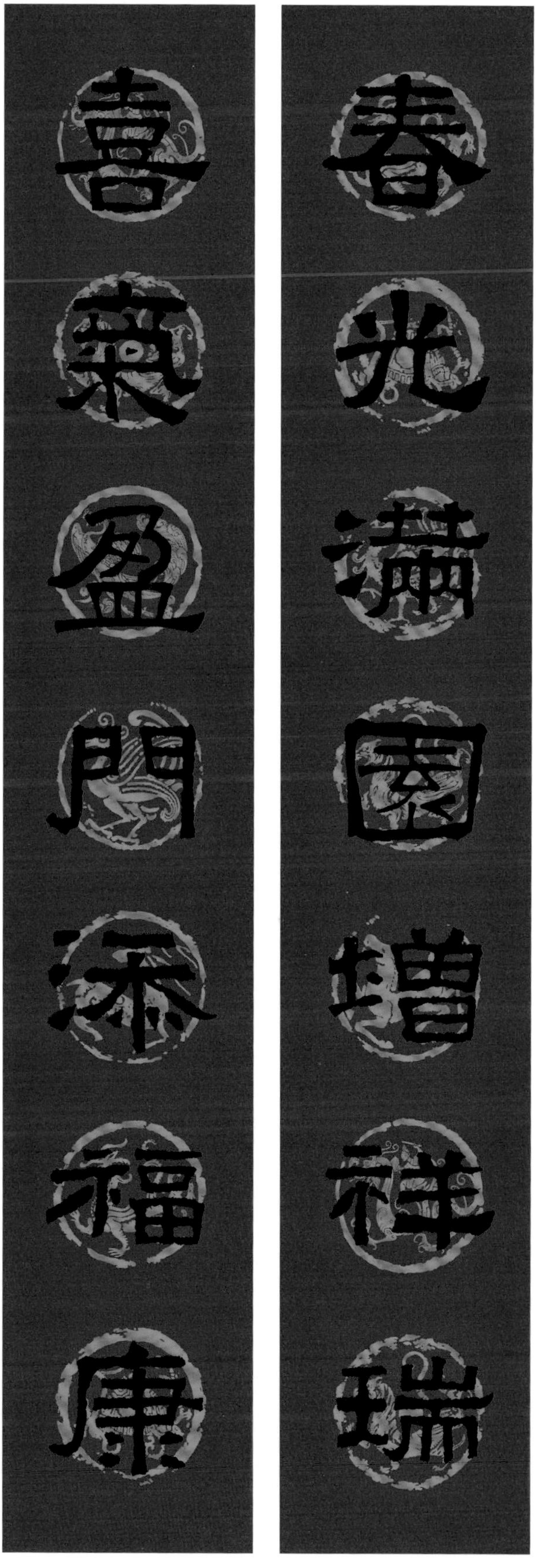

春光满园增祥瑞
喜气盈门添福康

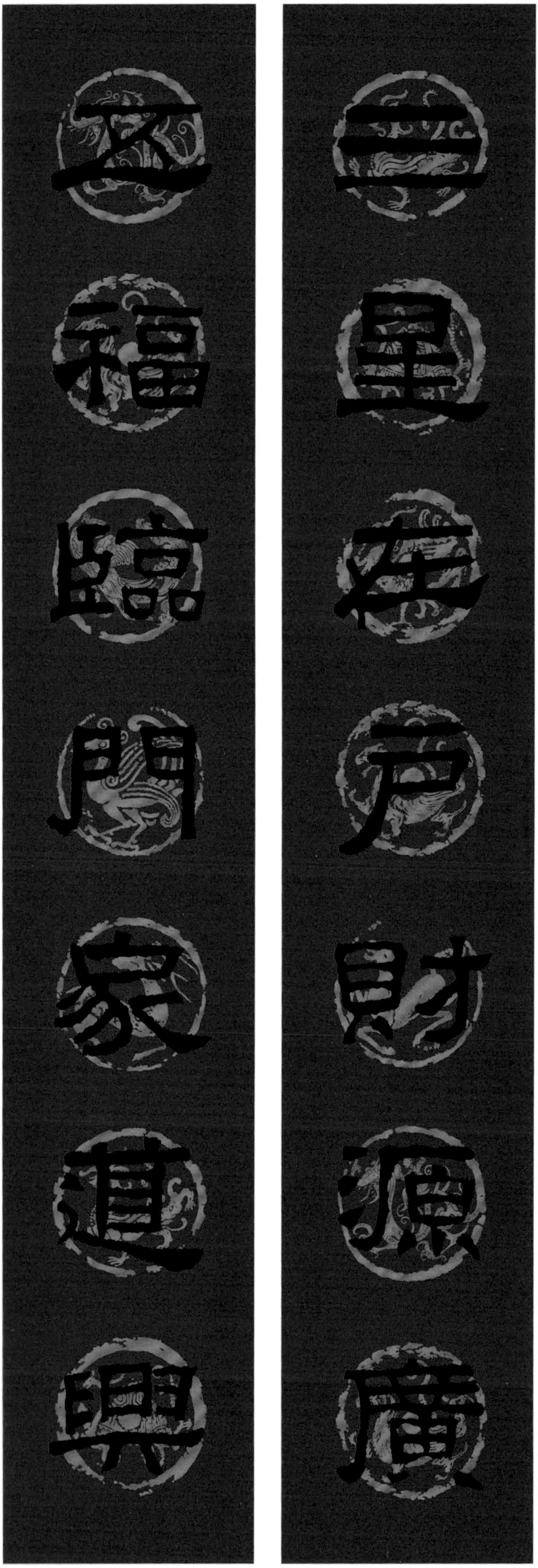

三星在户财源广
五福临门家道兴

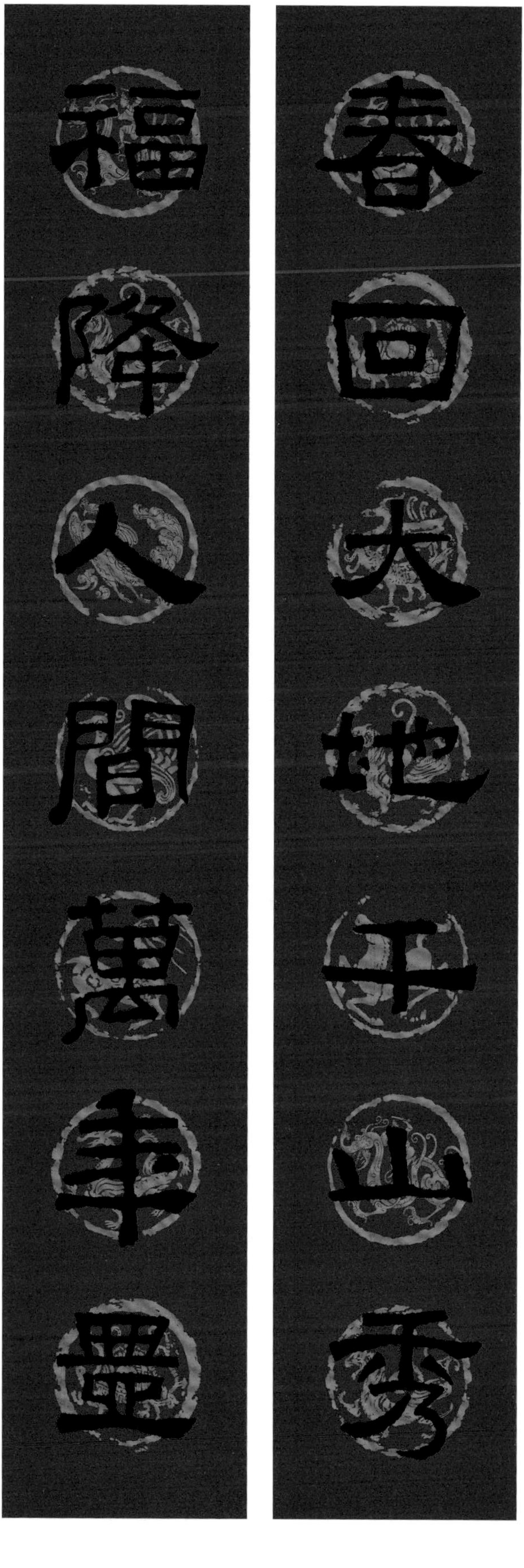

春回大地千山秀
福降人间万年丰

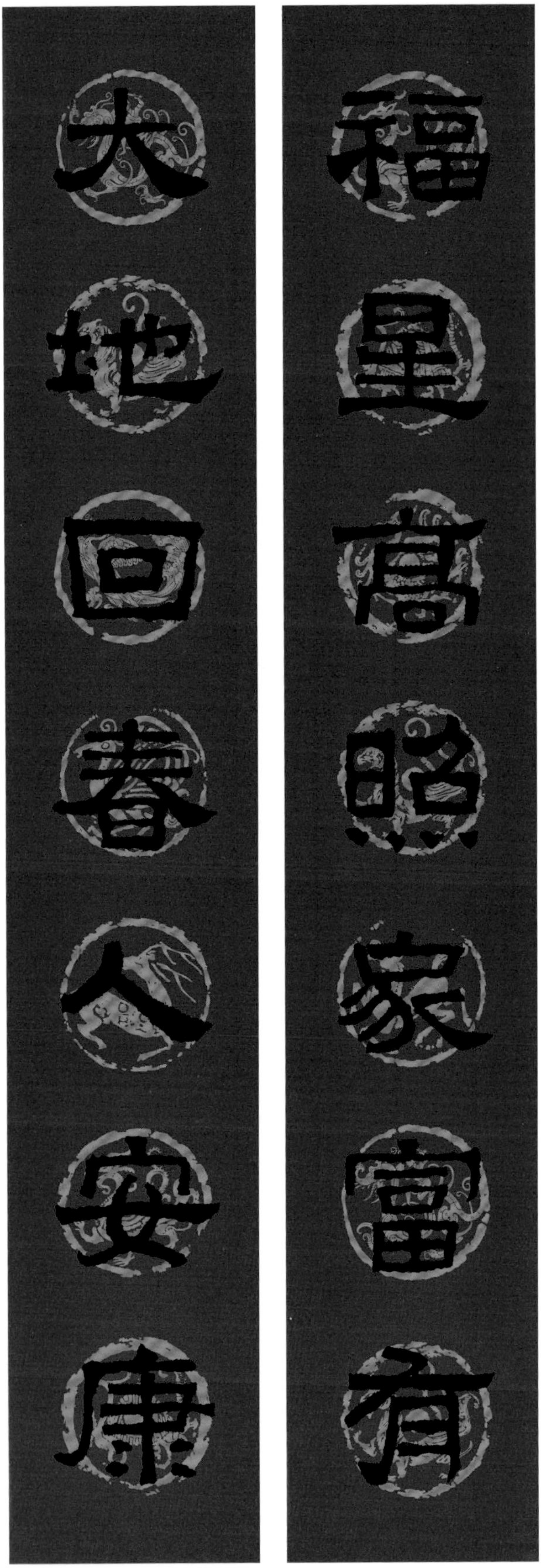

福星高照家富有
大地回春人安康

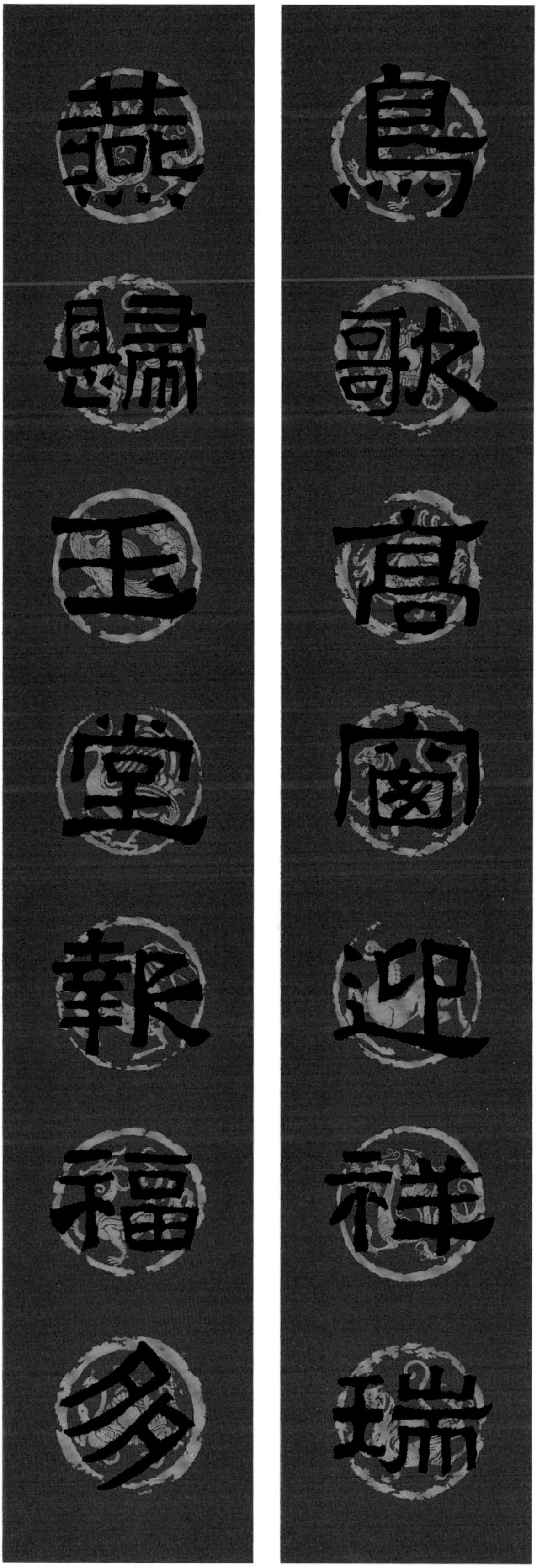

鸟歌高窗迎祥瑞
燕归玉堂报福多

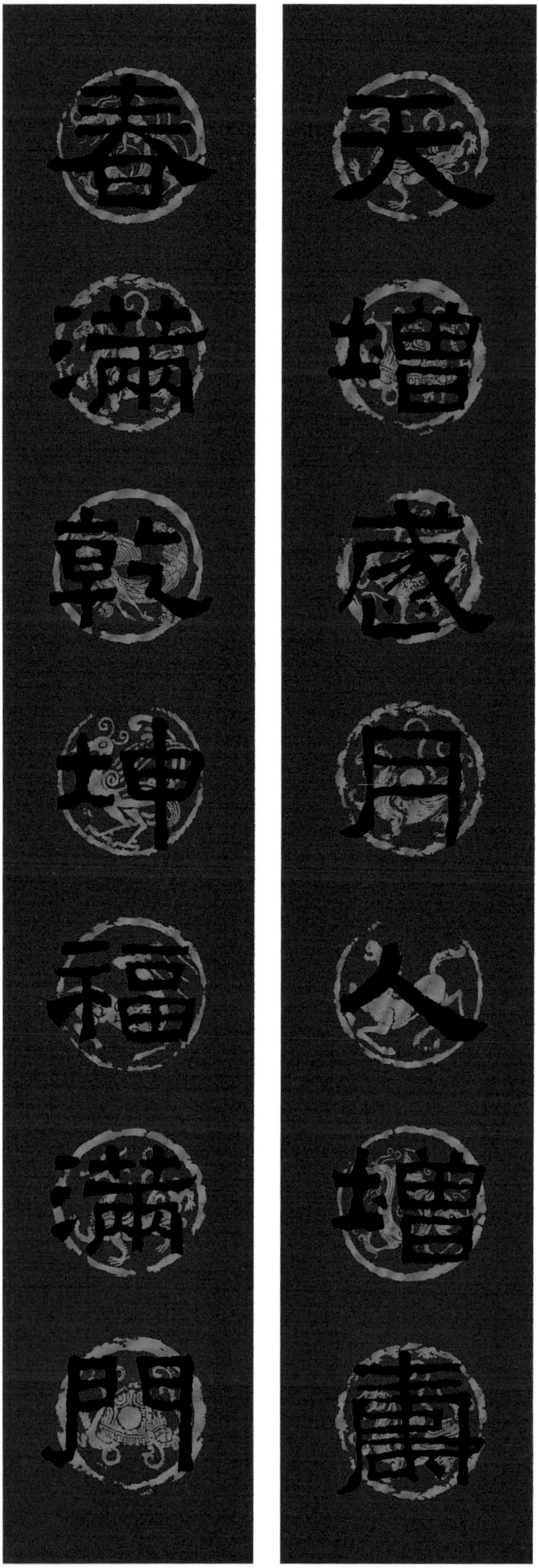

天增岁月人增寿
春满乾坤福满门

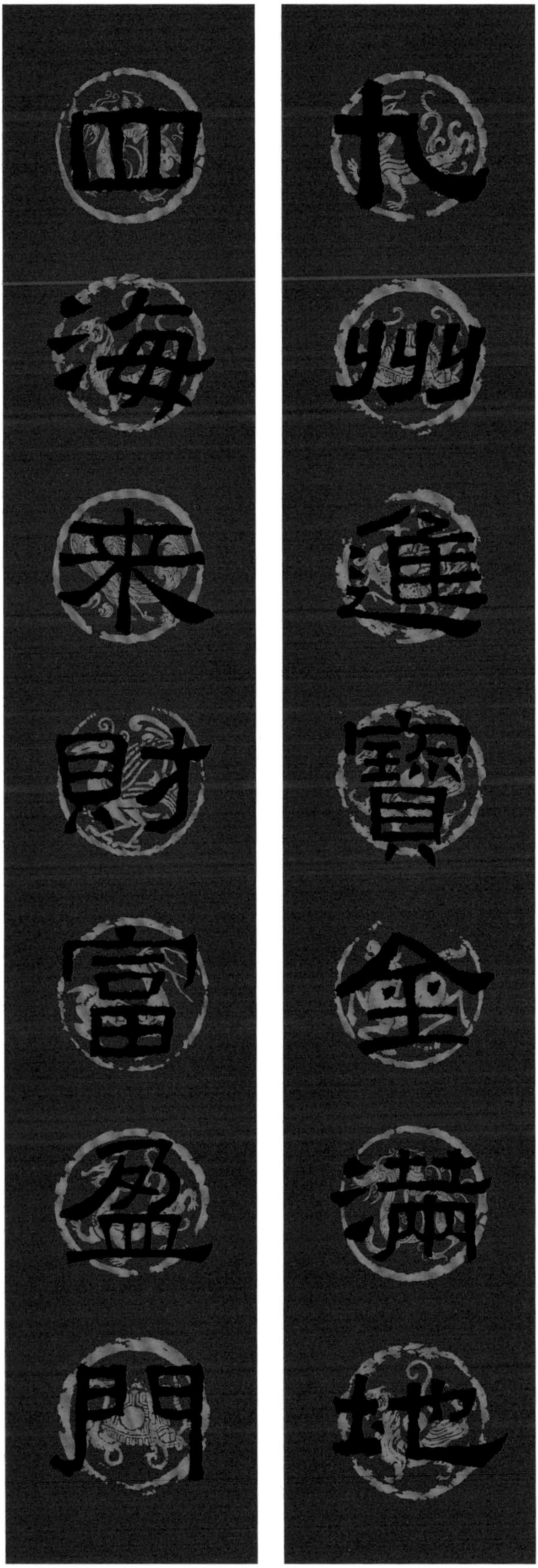

九州进宝金满地
四海来财富盈门

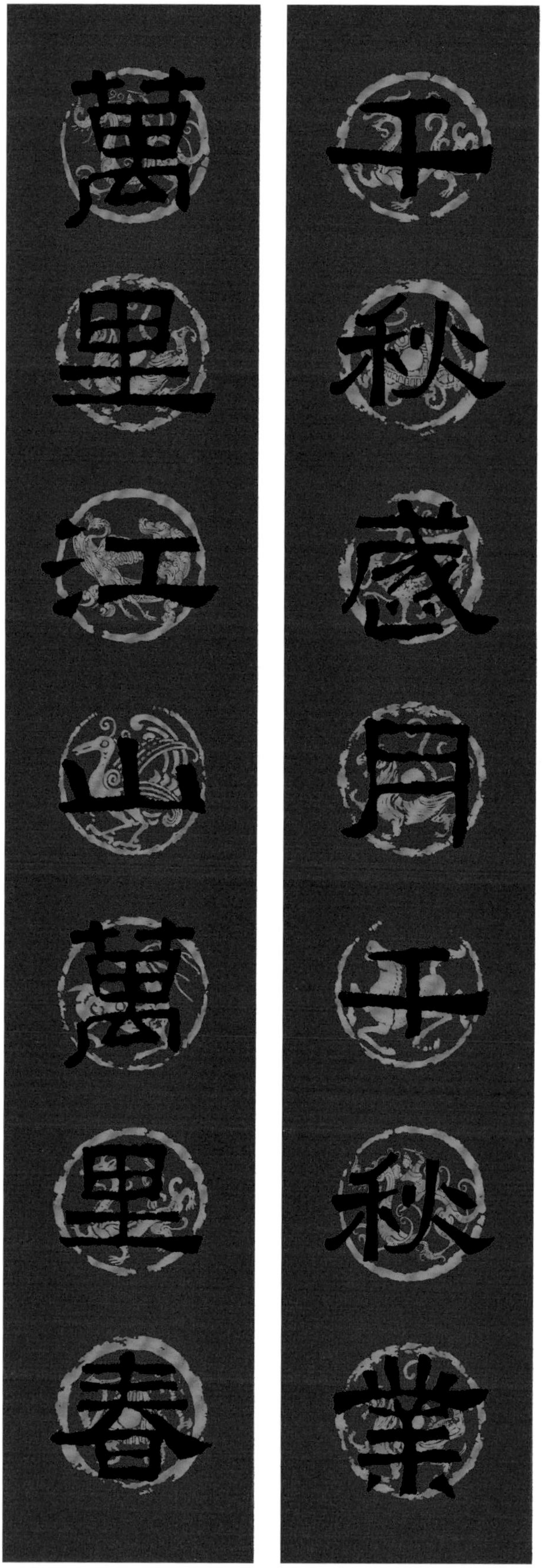

千秋岁月千秋业
万里江山万里春

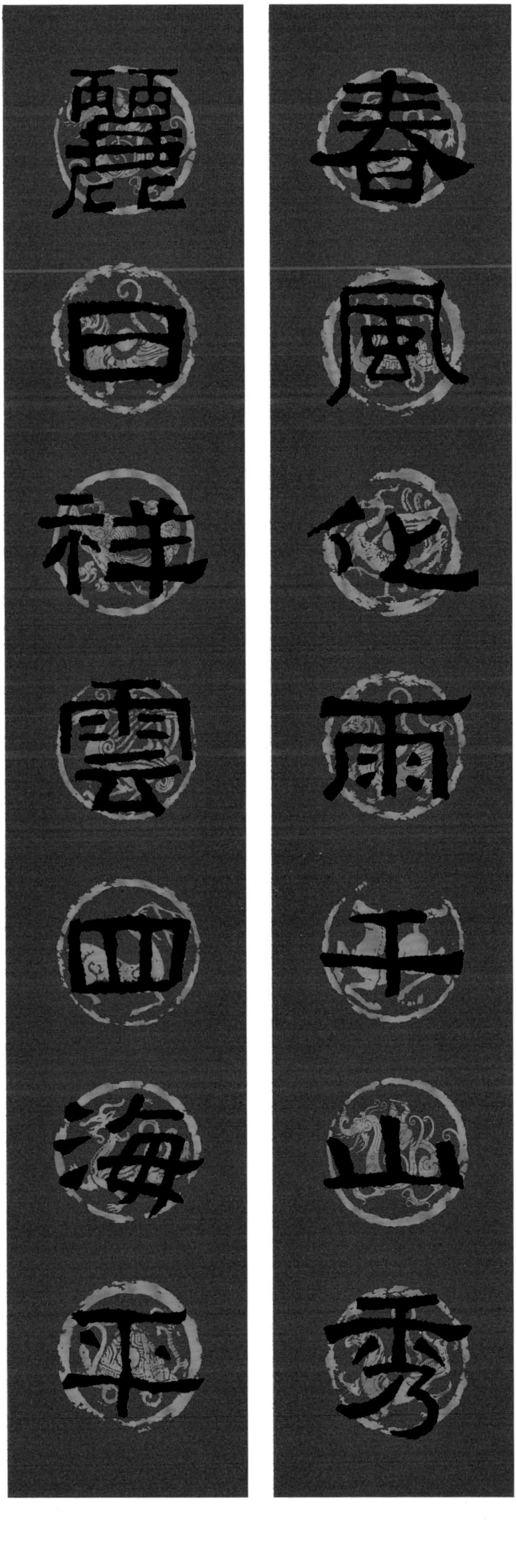

春风化雨千山秀
丽日祥云四海平

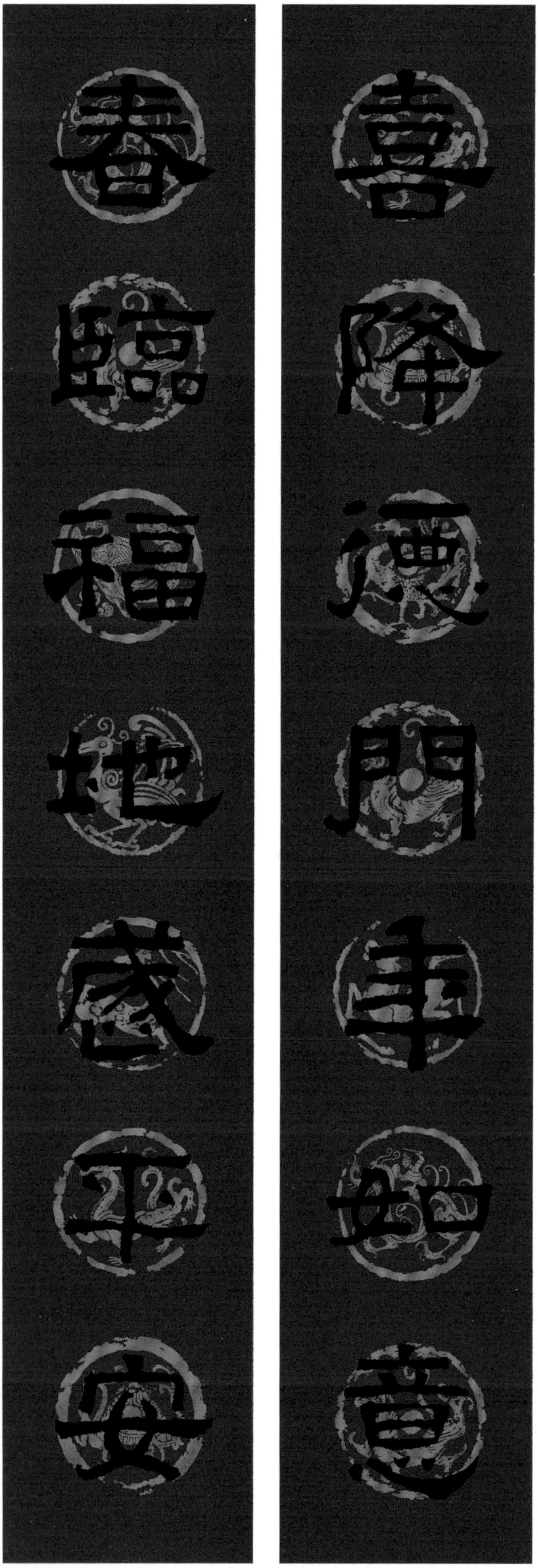

喜降德门年如意
春临福地岁平安

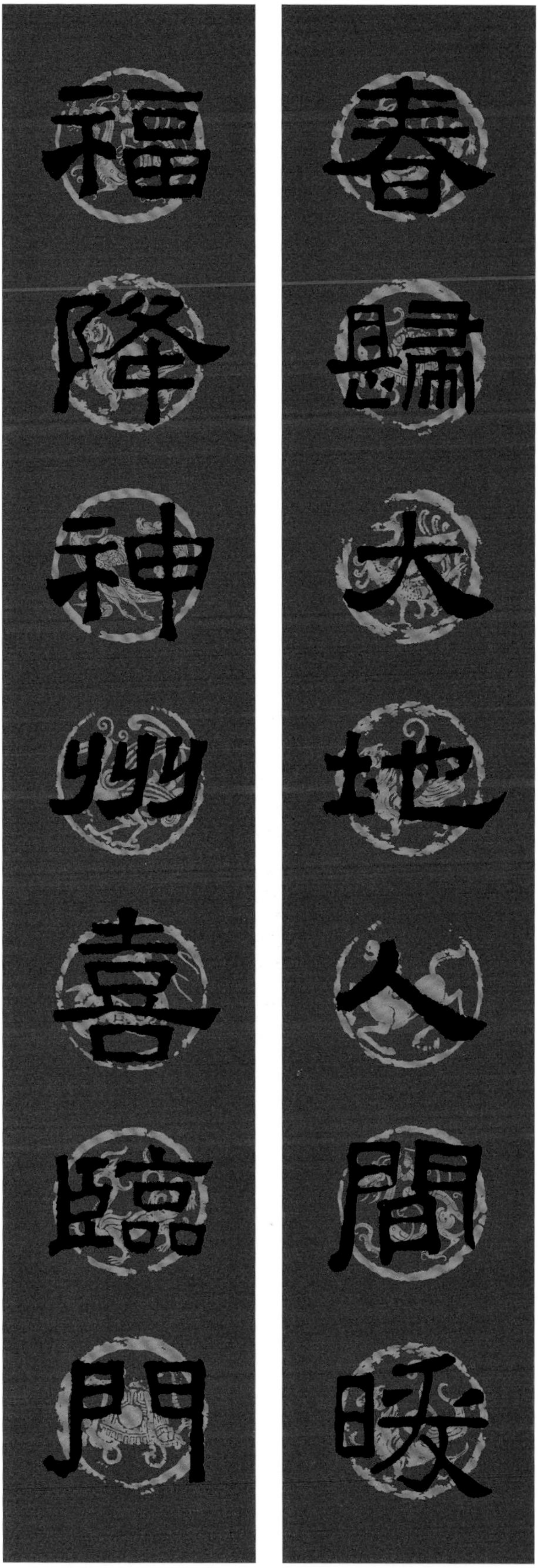

春归大地人间暖
福降神州喜临门

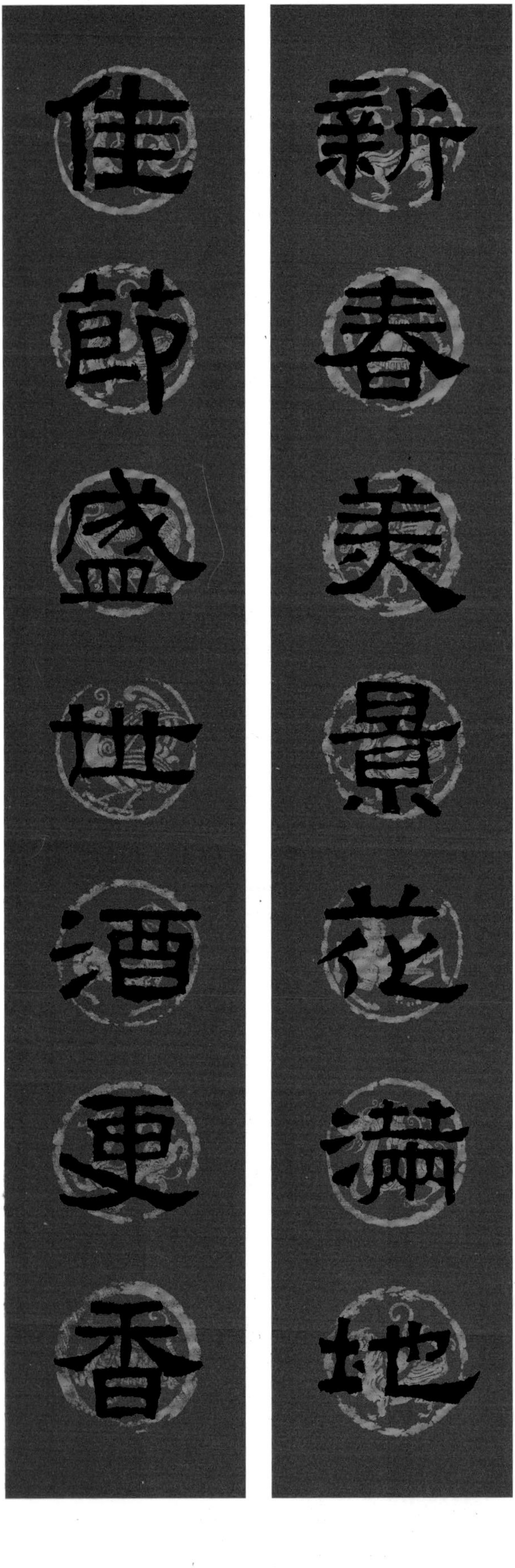

新春美景花满地
佳节盛世酒更香

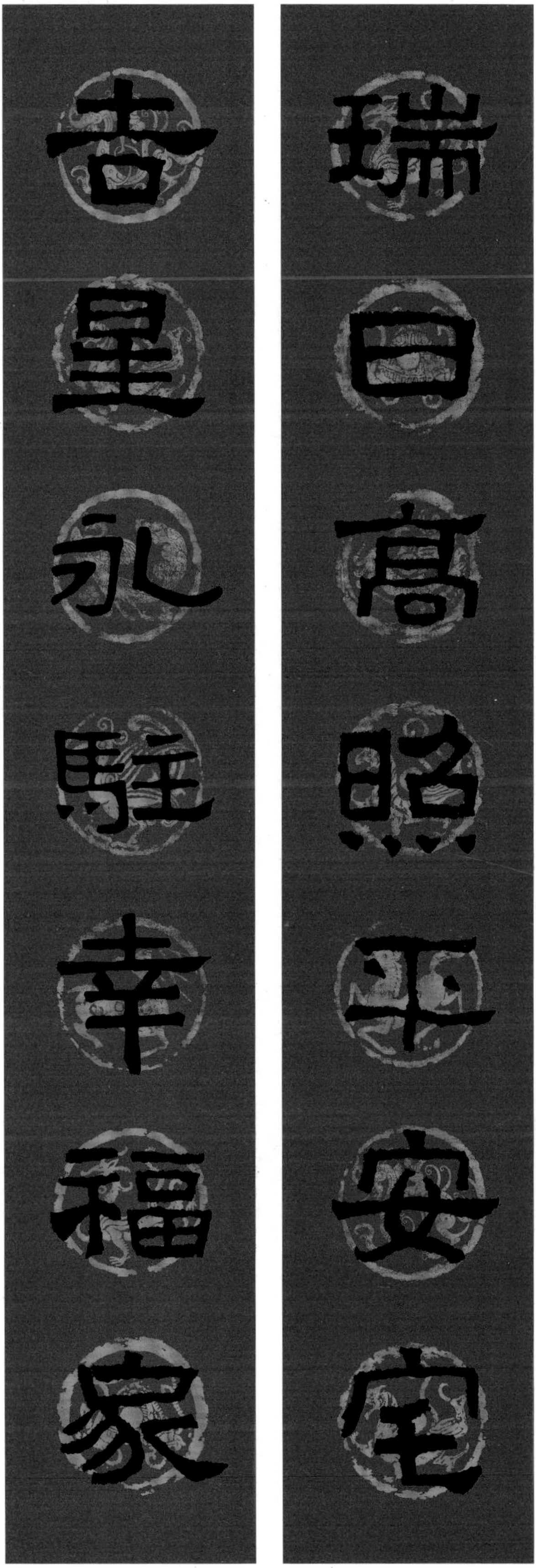

瑞日高照平安宅
吉星永驻幸福家

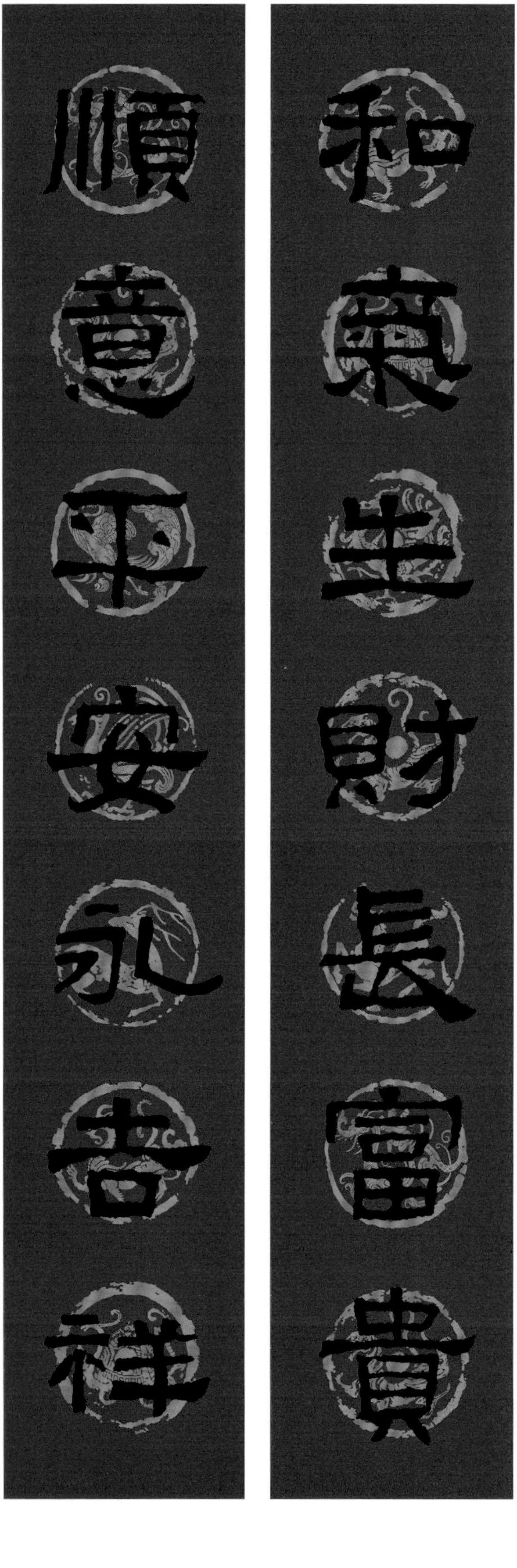

和气生财长富贵
顺意平安永吉祥

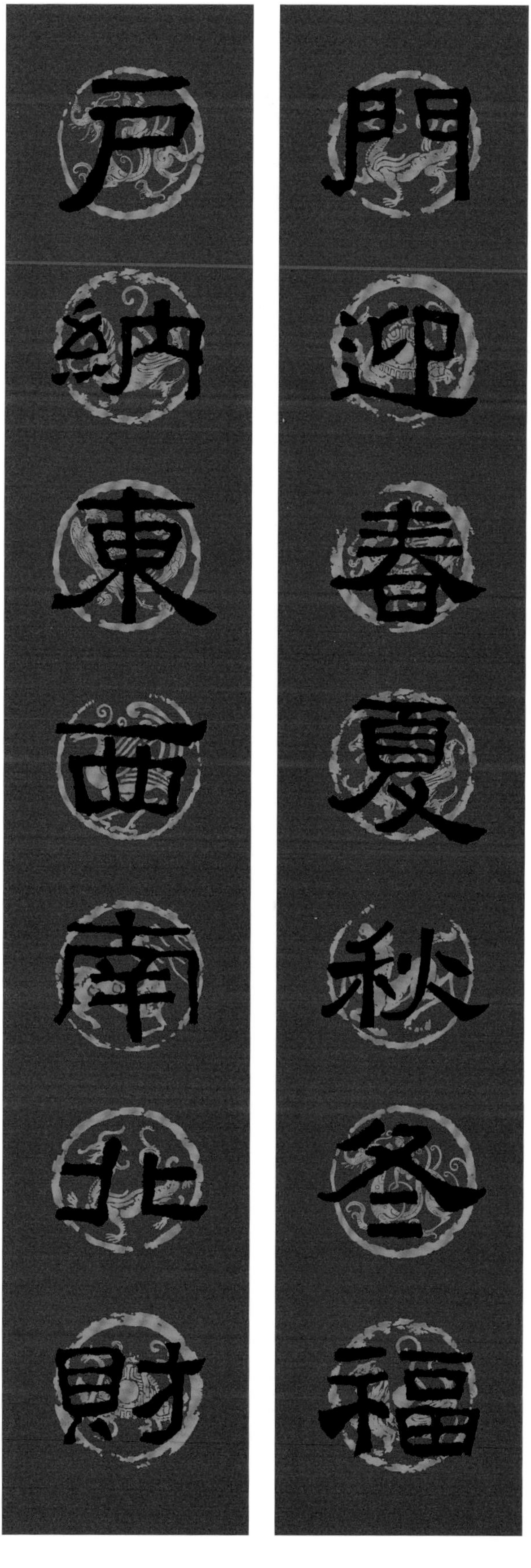

门迎春夏秋冬福
户纳东西南北财

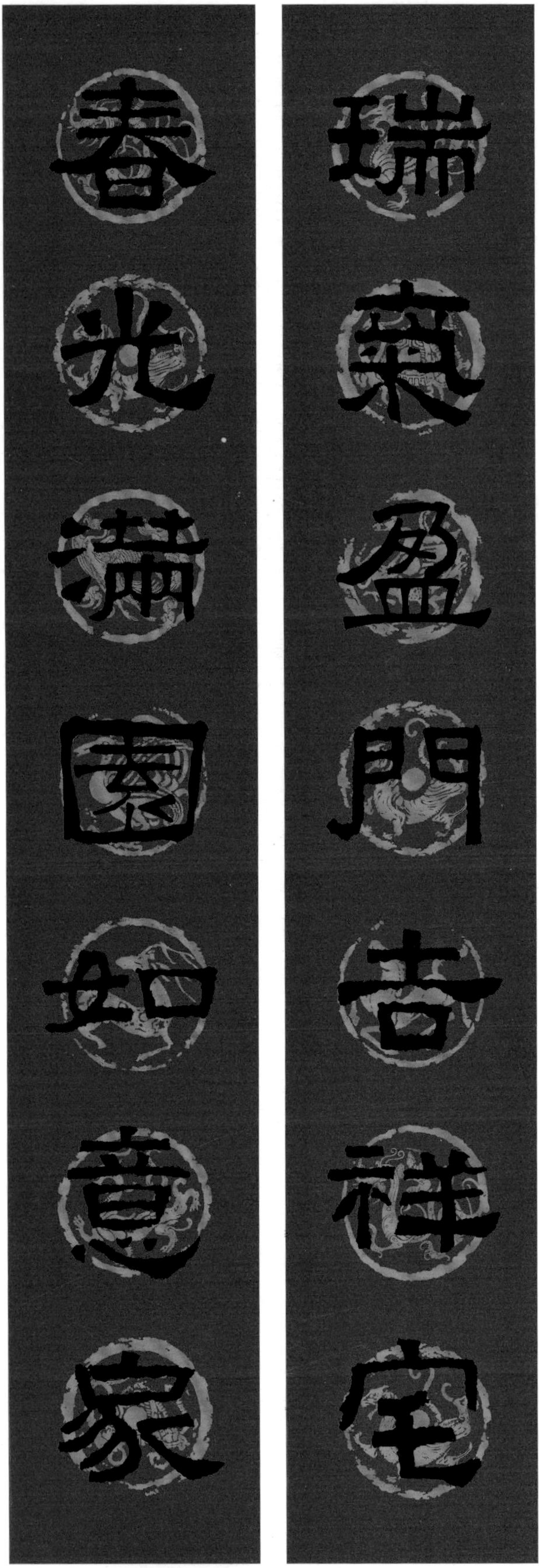

瑞气盈门吉祥宅
春光满园如意家

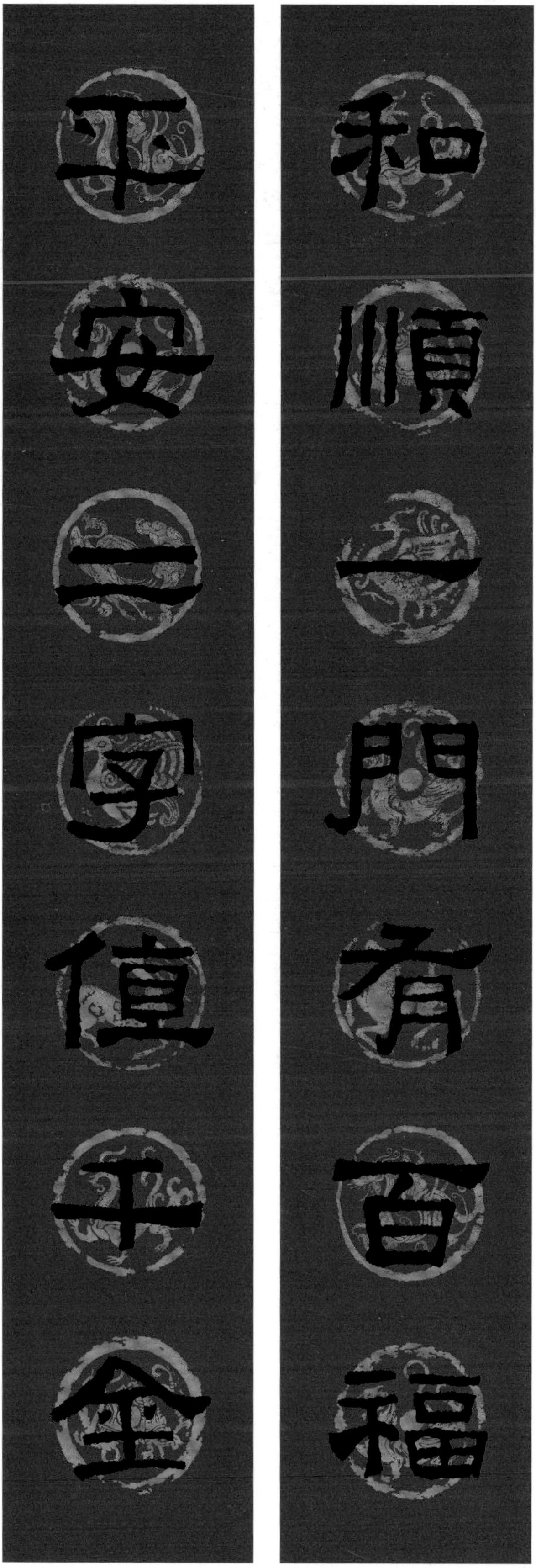
和順一門有百福
平安二字值千金

和顺一门有百福
平安二字值千金

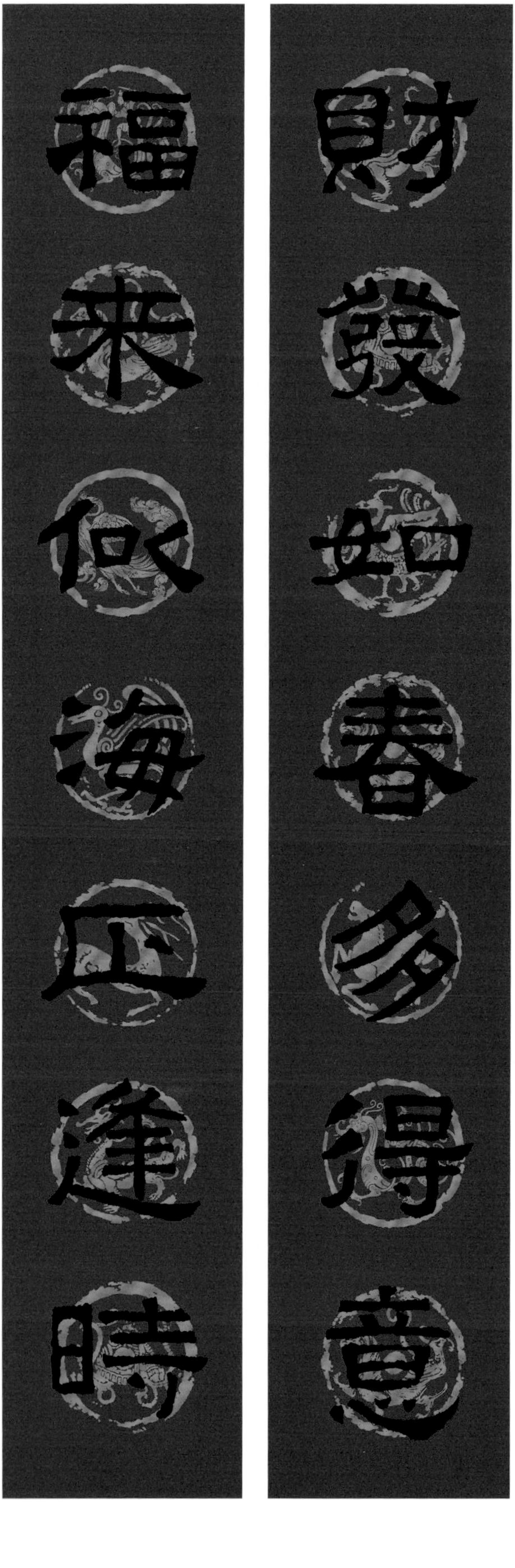

财发如春多得意
福来似海正逢时

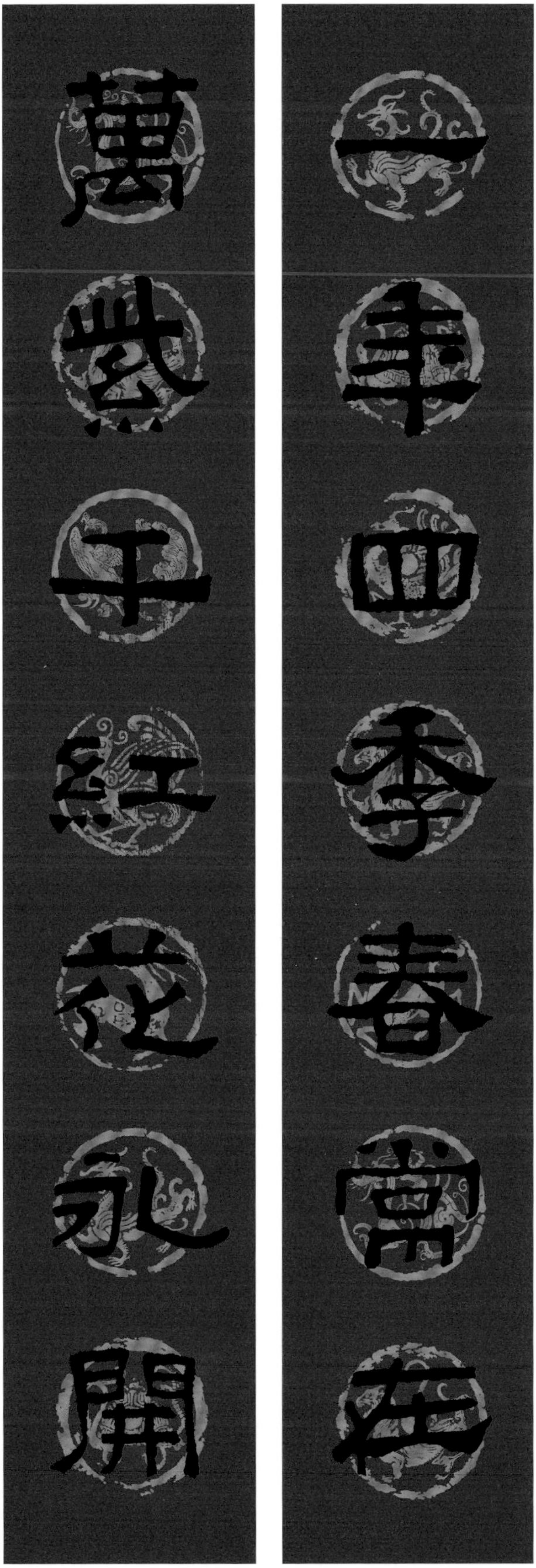
一年四季春常在
萬紫千紅花永開

一年四季春常在
万紫千红花永开

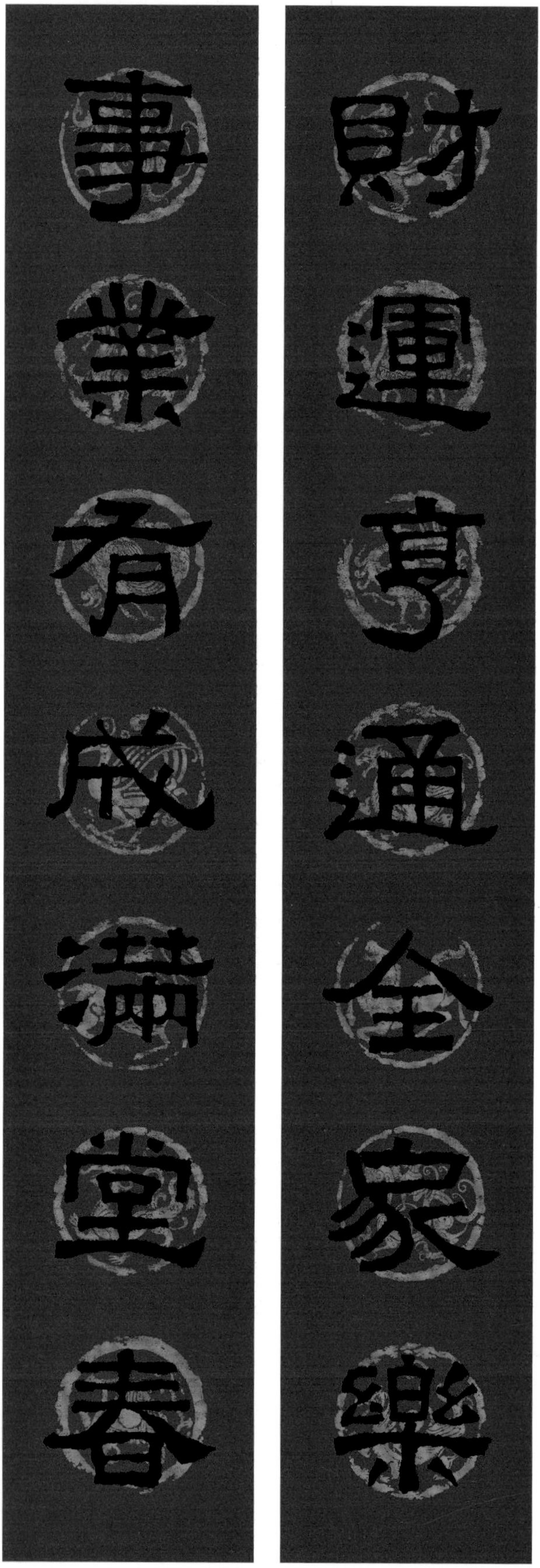

财运亨通全家乐
事业有成满堂春

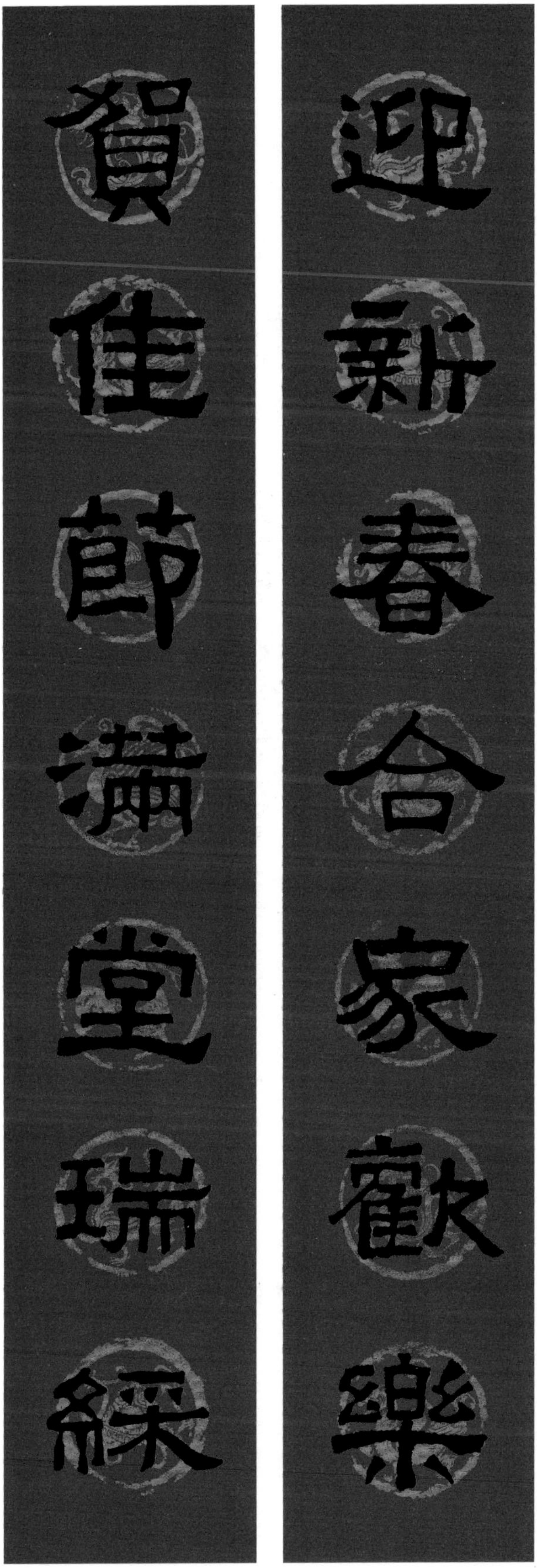

迎新春合家欢乐
贺佳节满堂瑞彩

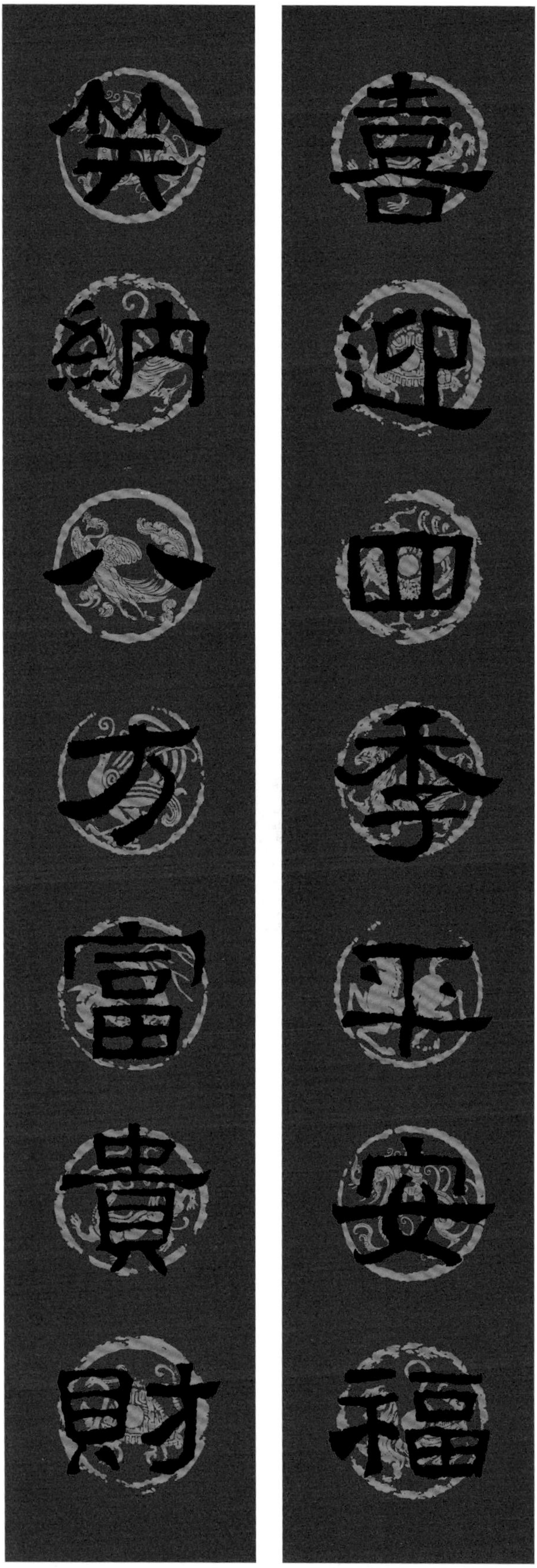

喜迎四季平安福
笑纳八方富贵财

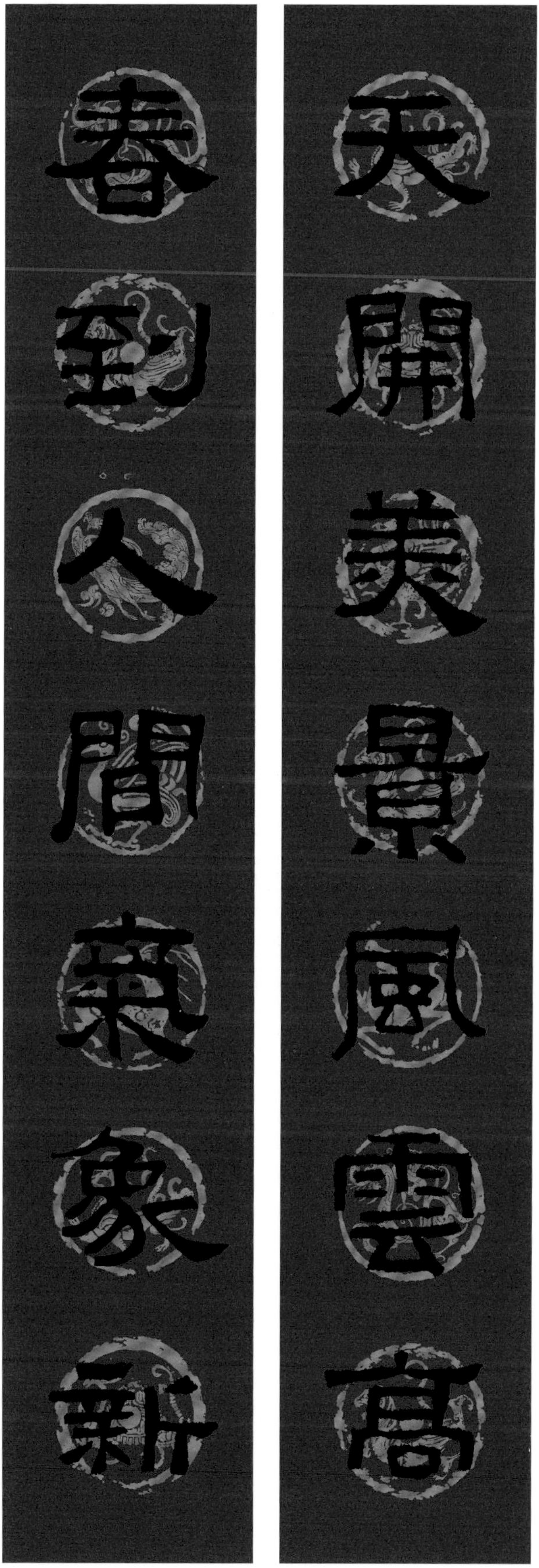

天开美景风云高
春到人间气象新

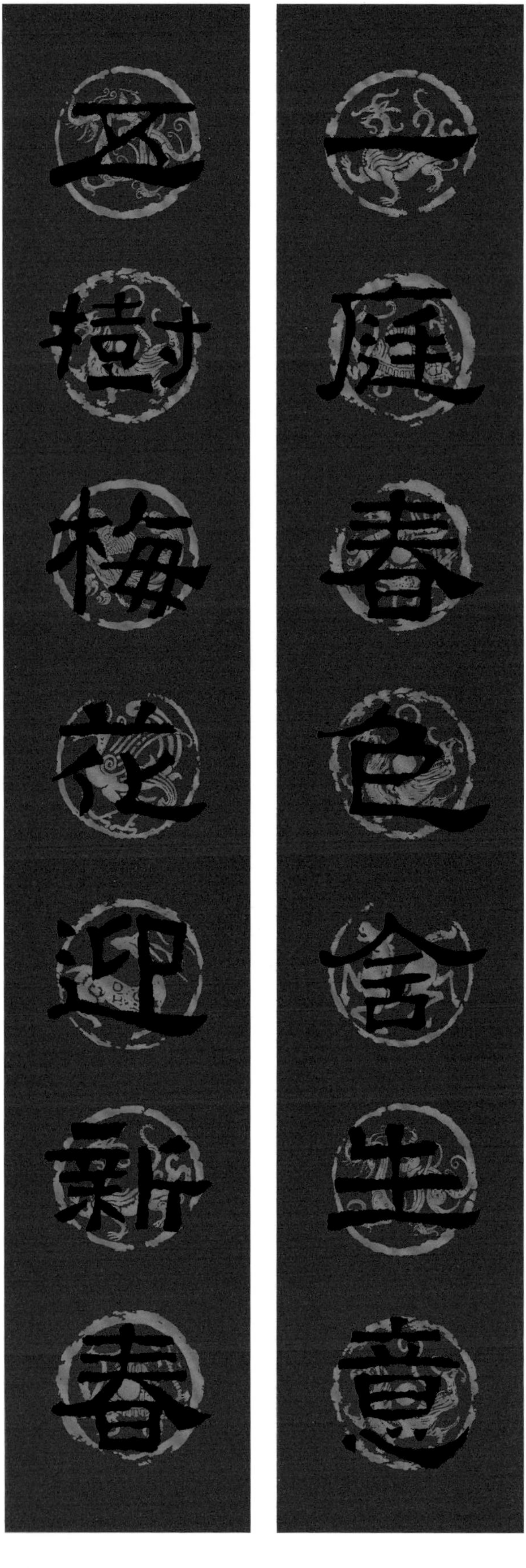

一庭春色含生意
五树梅花迎新春

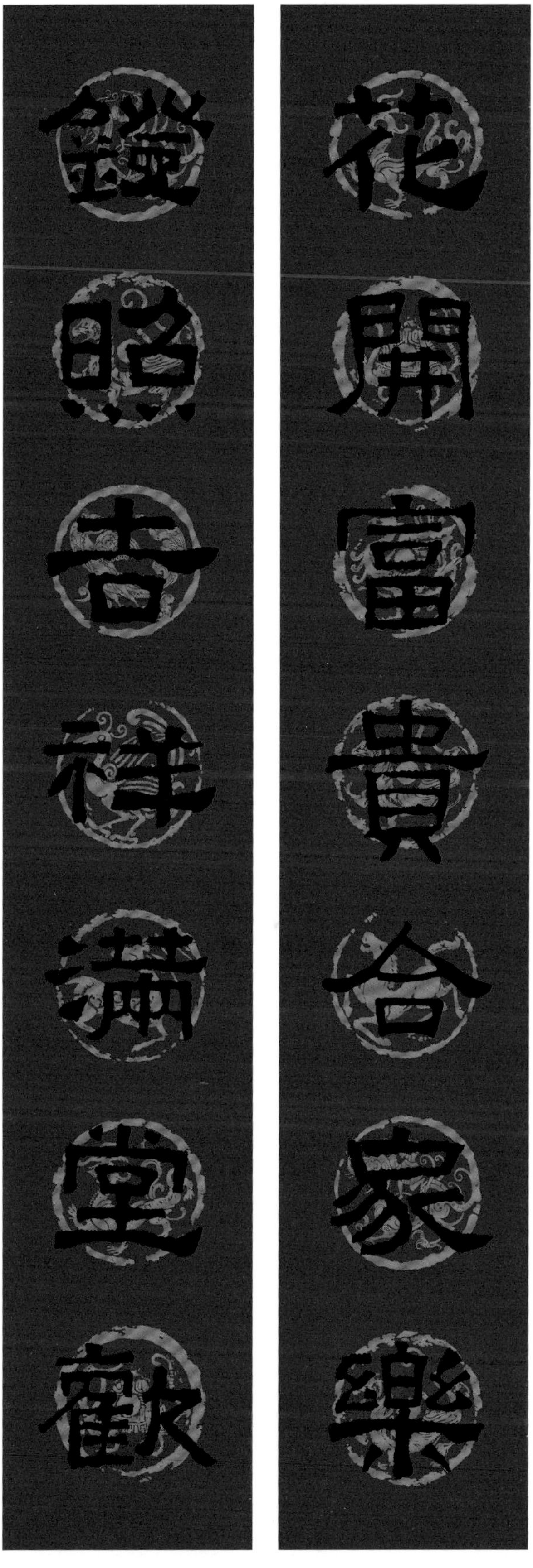

花开富贵合家乐
灯照吉祥满堂欢

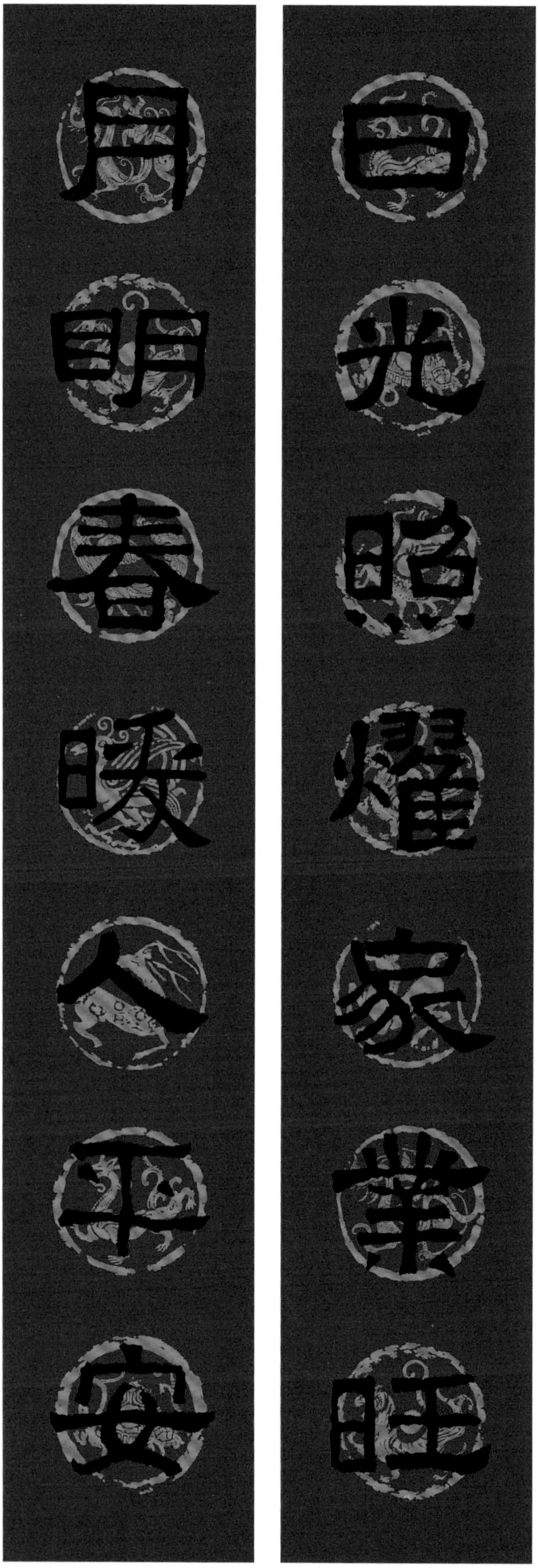

日光照耀家业旺
月明春暖人平安

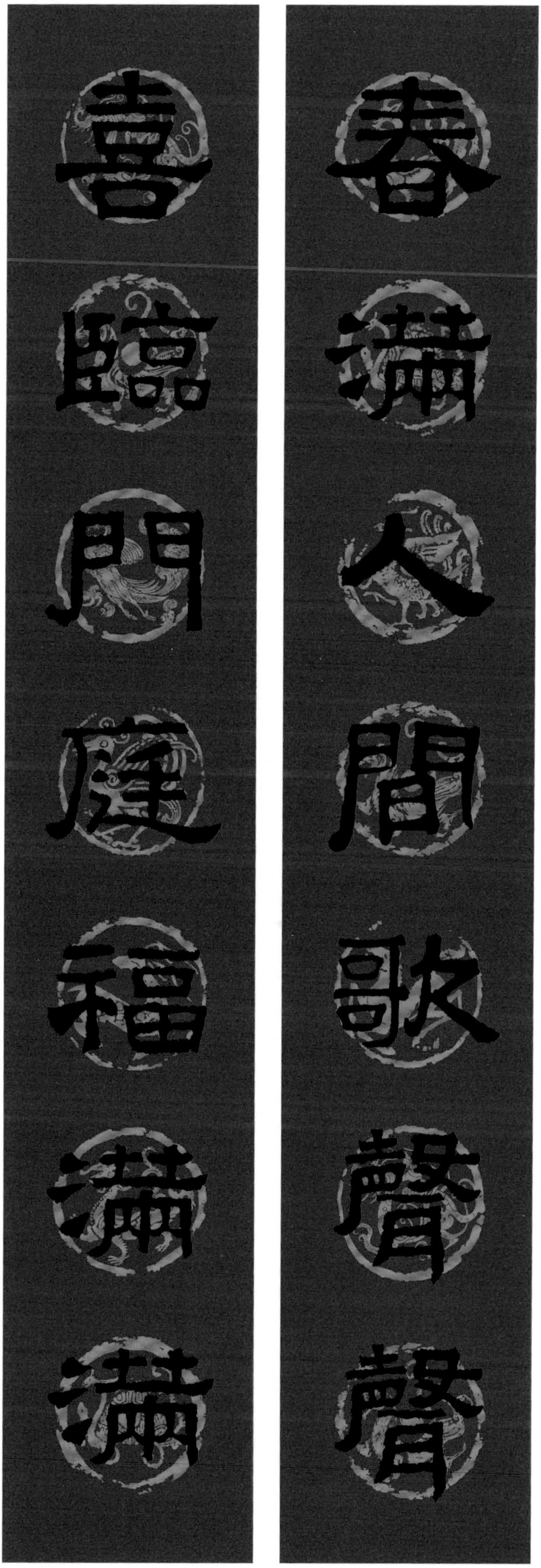

春满人间歌声声
喜临门庭福满满

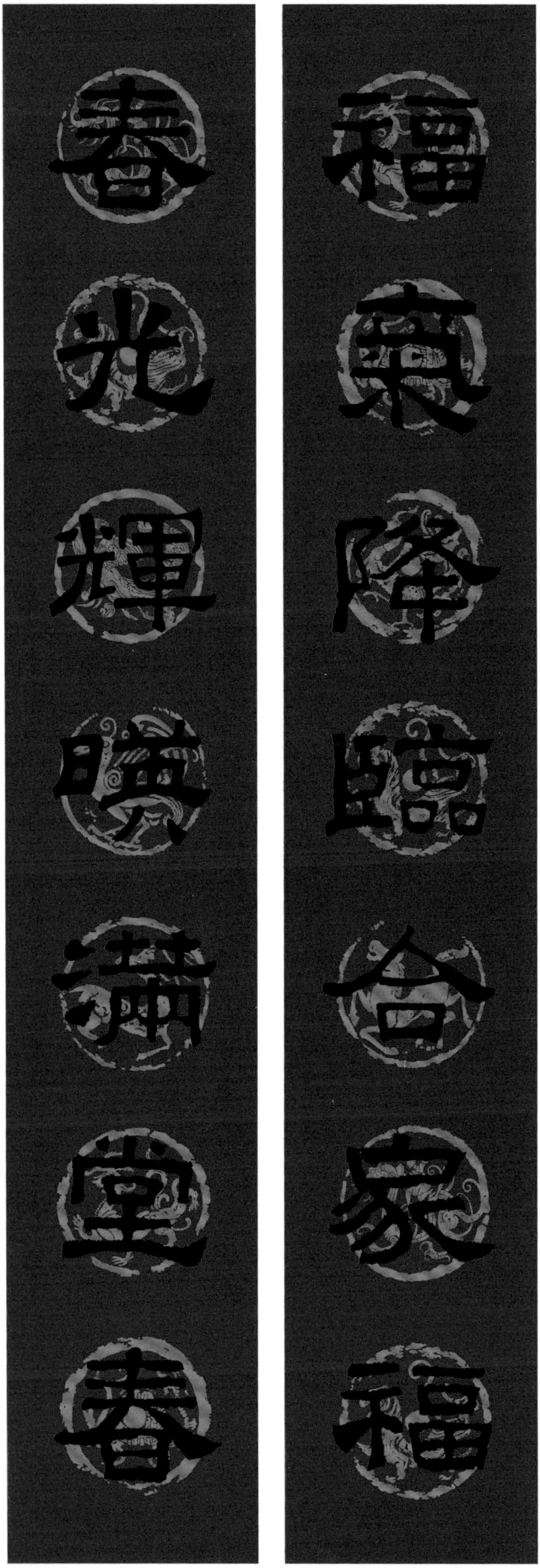

福气降临合家福
春光辉映满堂春

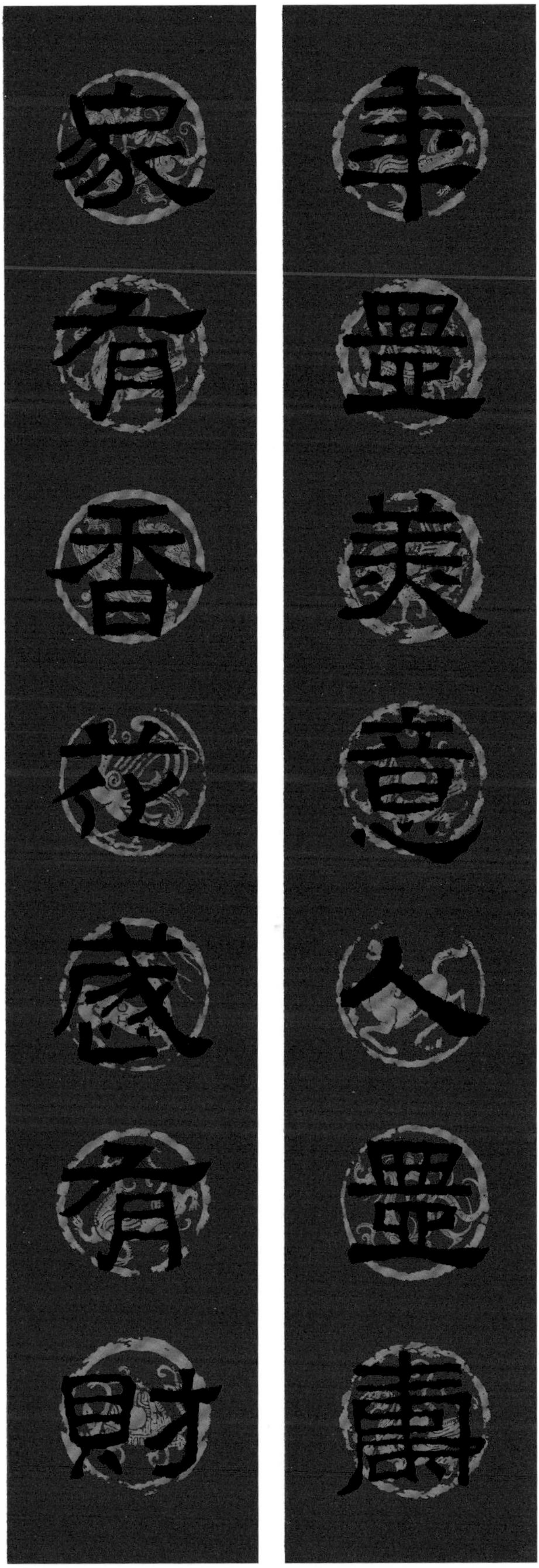

年丰美意人丰寿
家有香花岁有财

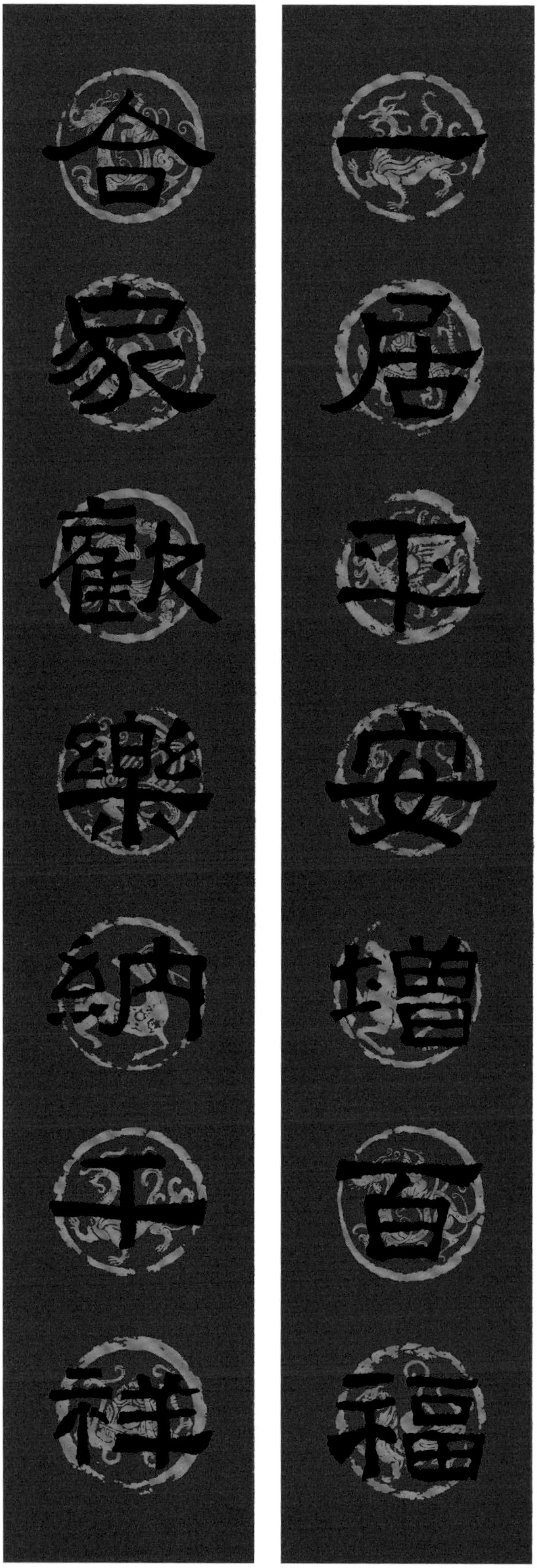

一居平安增百福
合家欢乐纳千祥

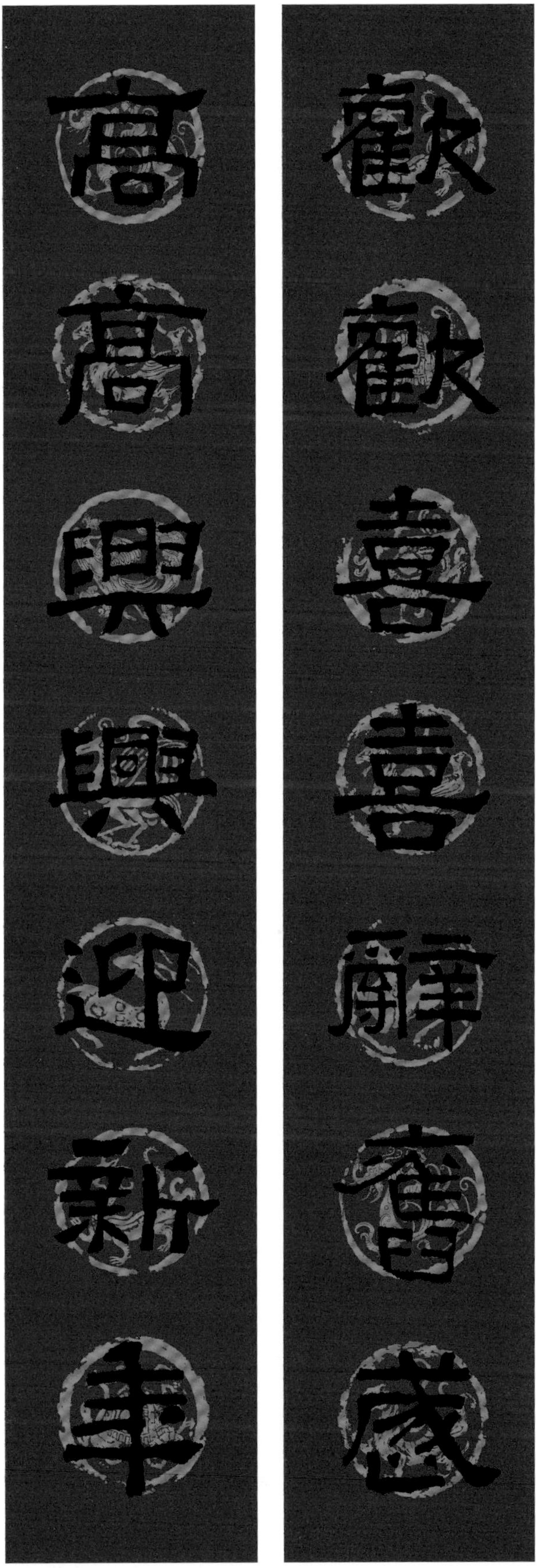

欢欢喜喜辞旧岁
高高兴兴迎新年

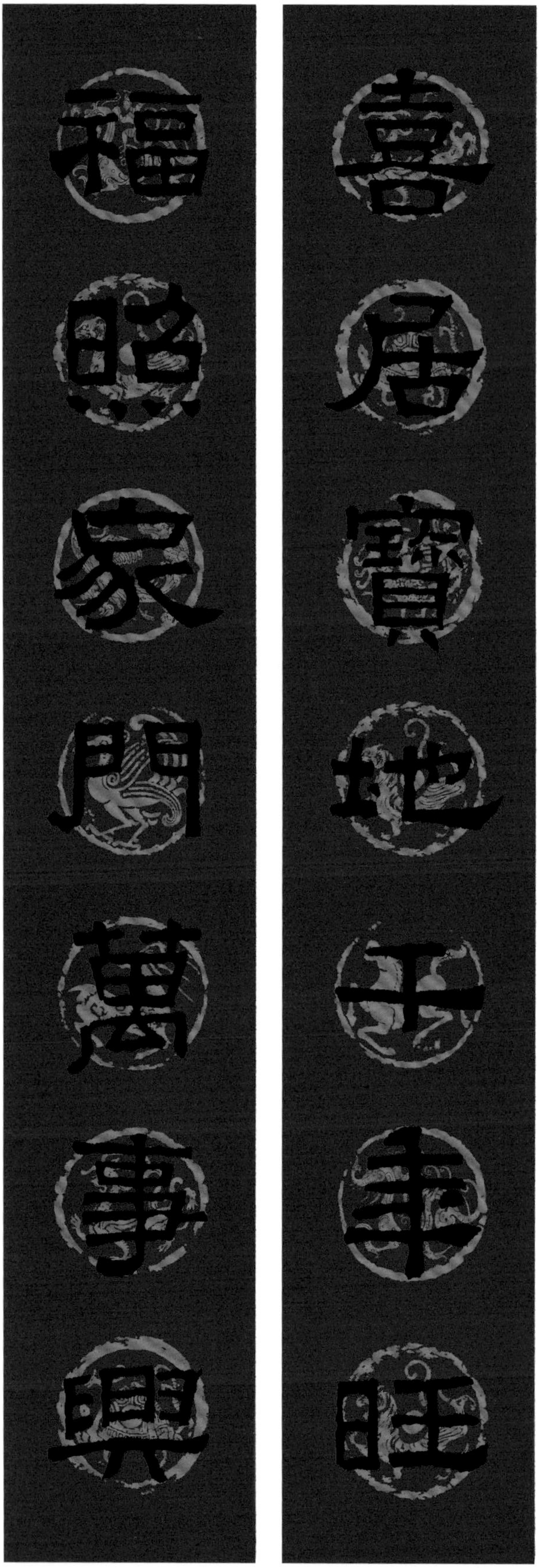

喜居宝地千年旺
福照家门万事兴

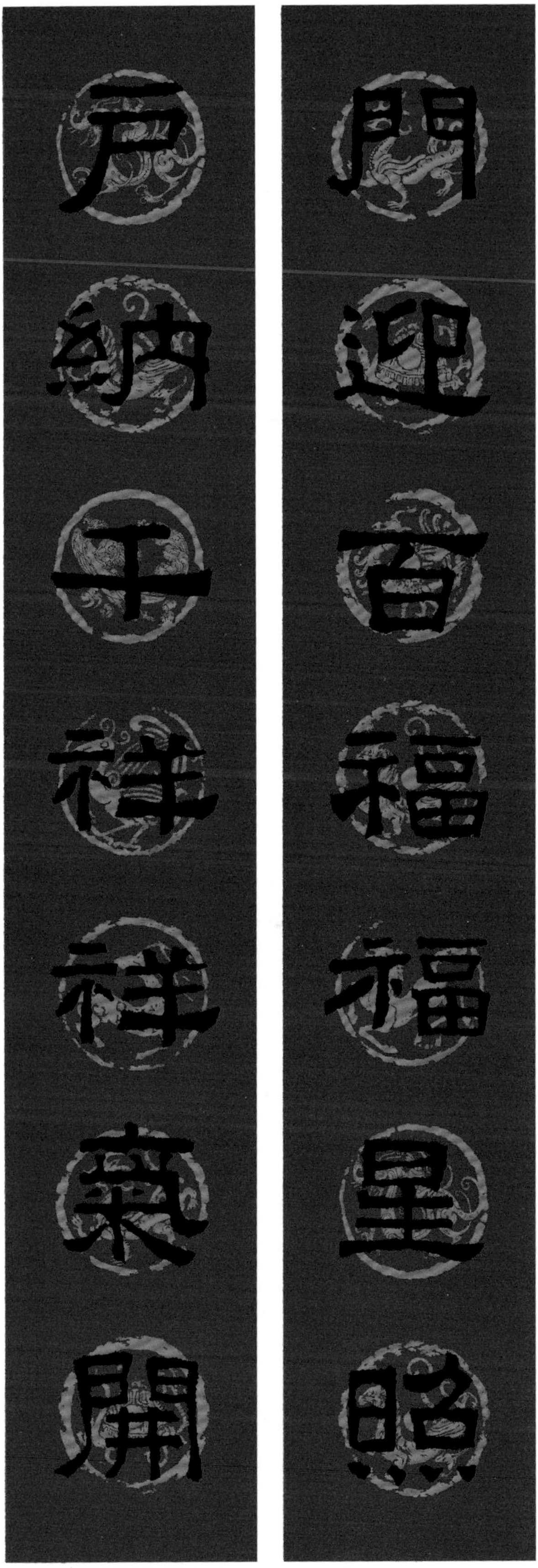

门迎百福福星照
户纳千祥祥气开

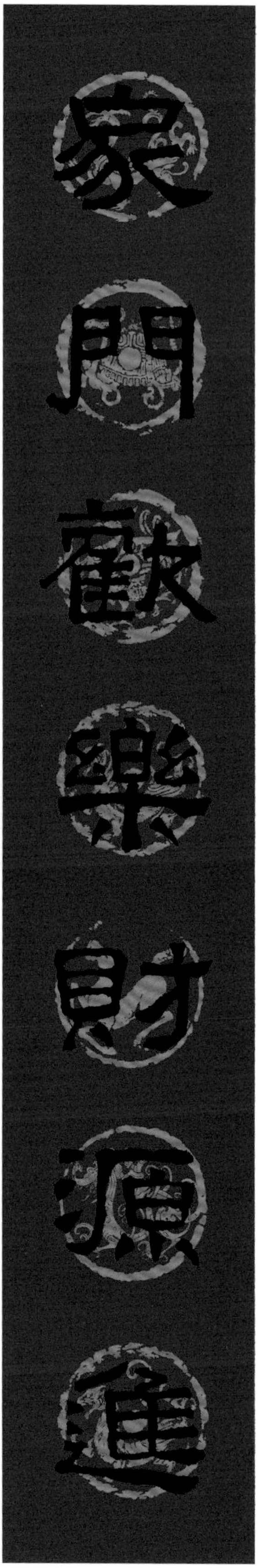

家门欢乐财源进
里外平安福运来

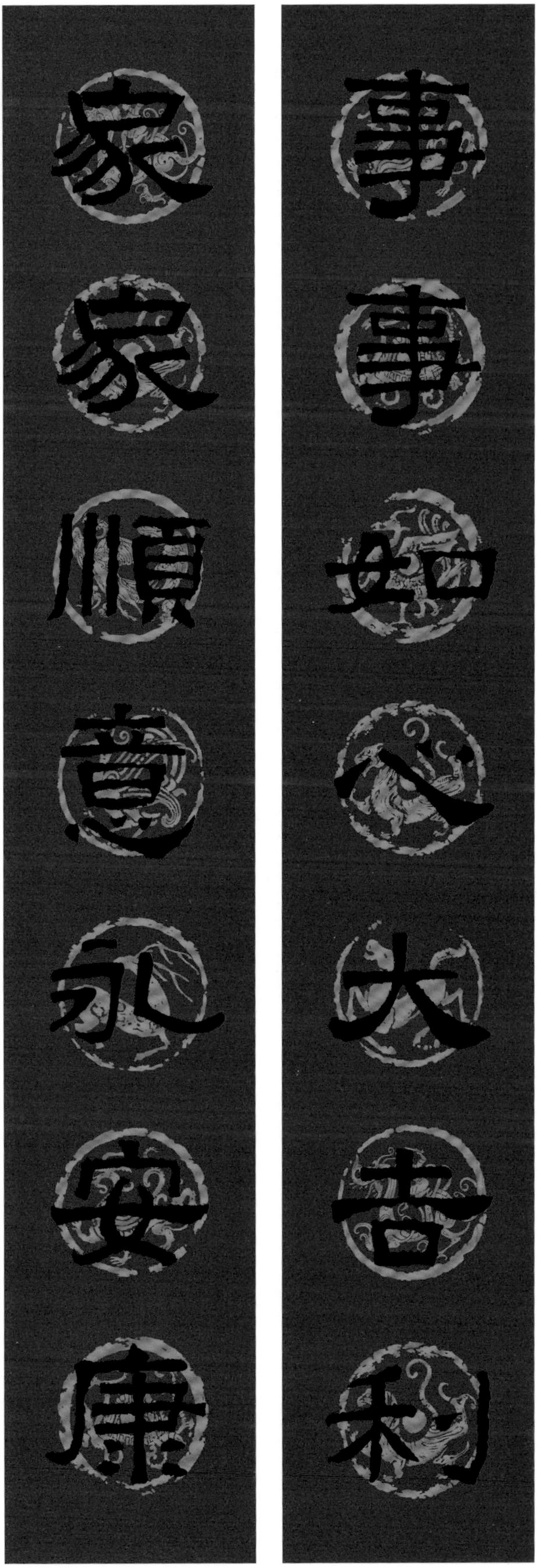

事事如心大吉利
家家顺意永安康

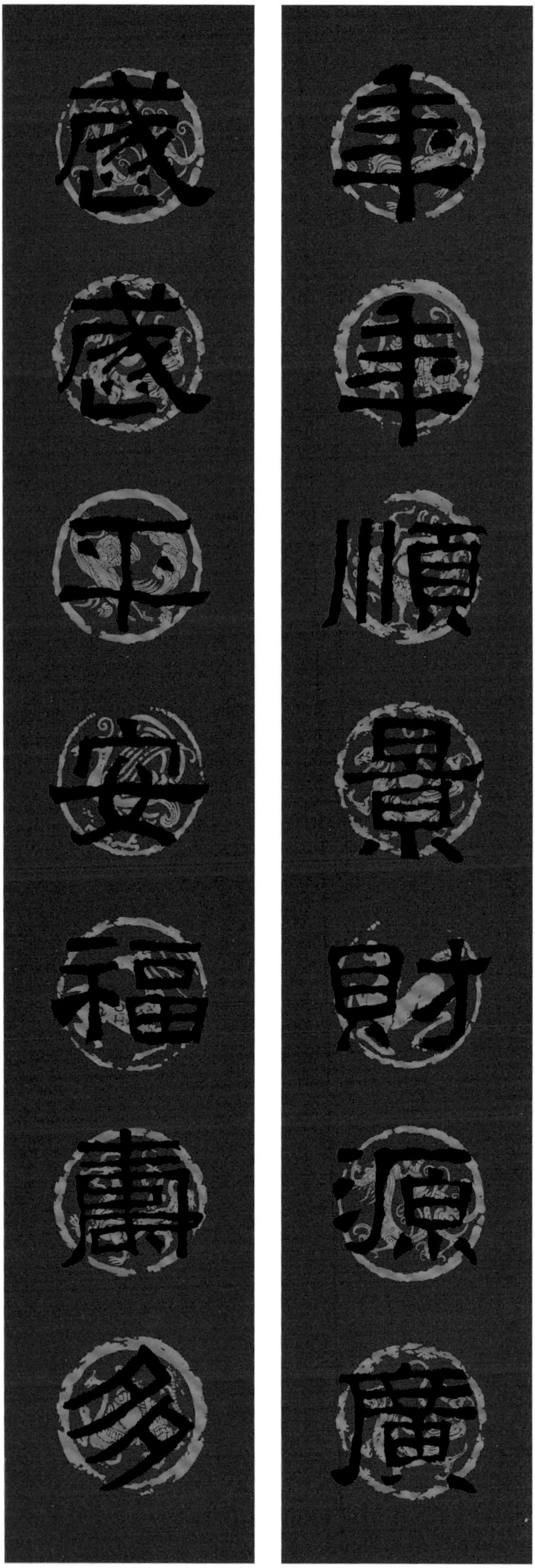

年年顺景财源广
岁岁平安福寿多

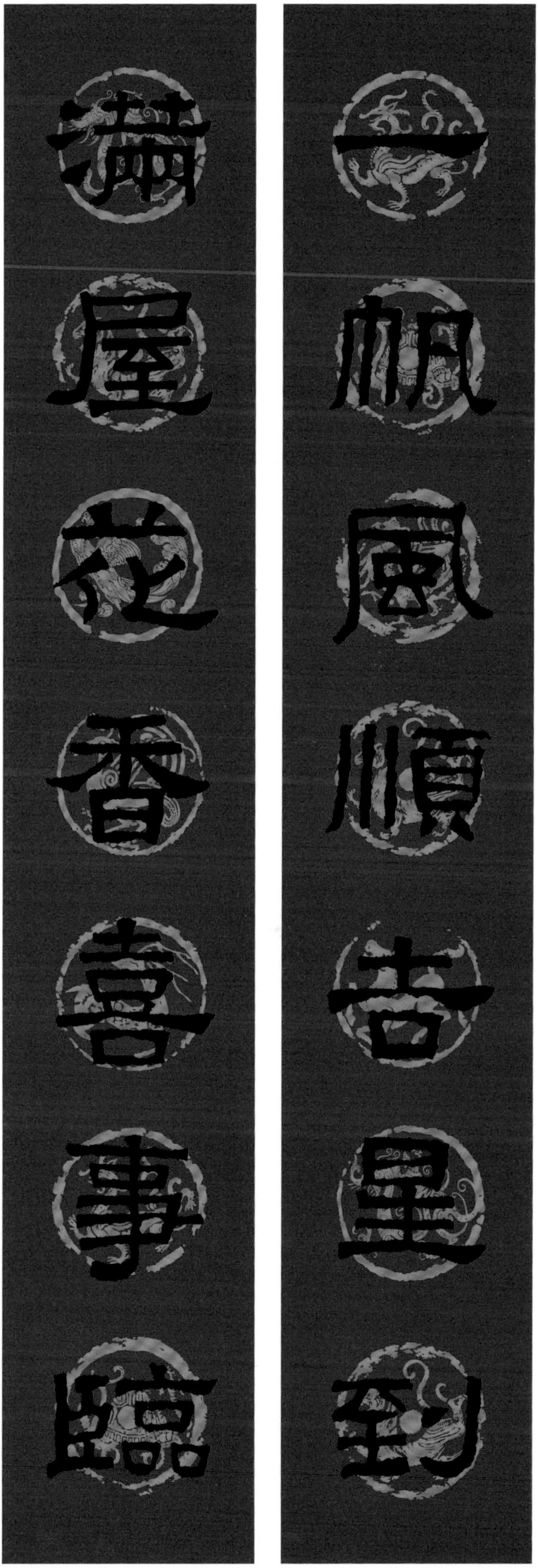

一帆风顺吉星到
满屋花香喜事临

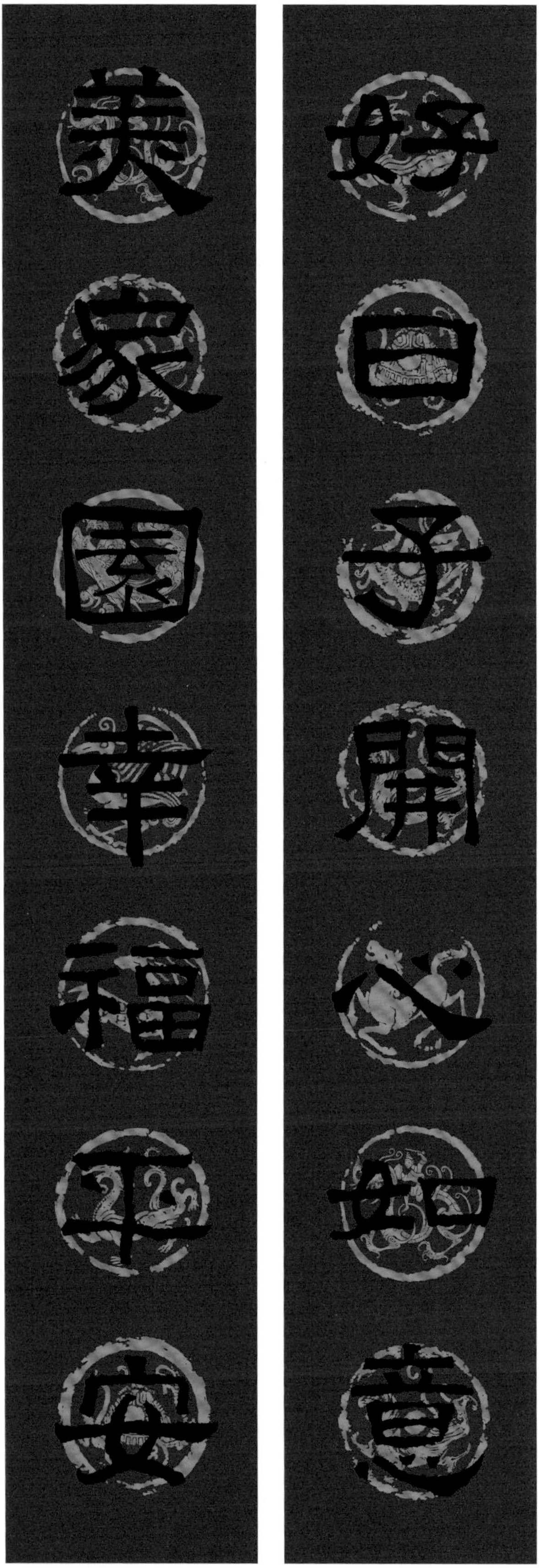

好日子开心如意
美家园幸福平安

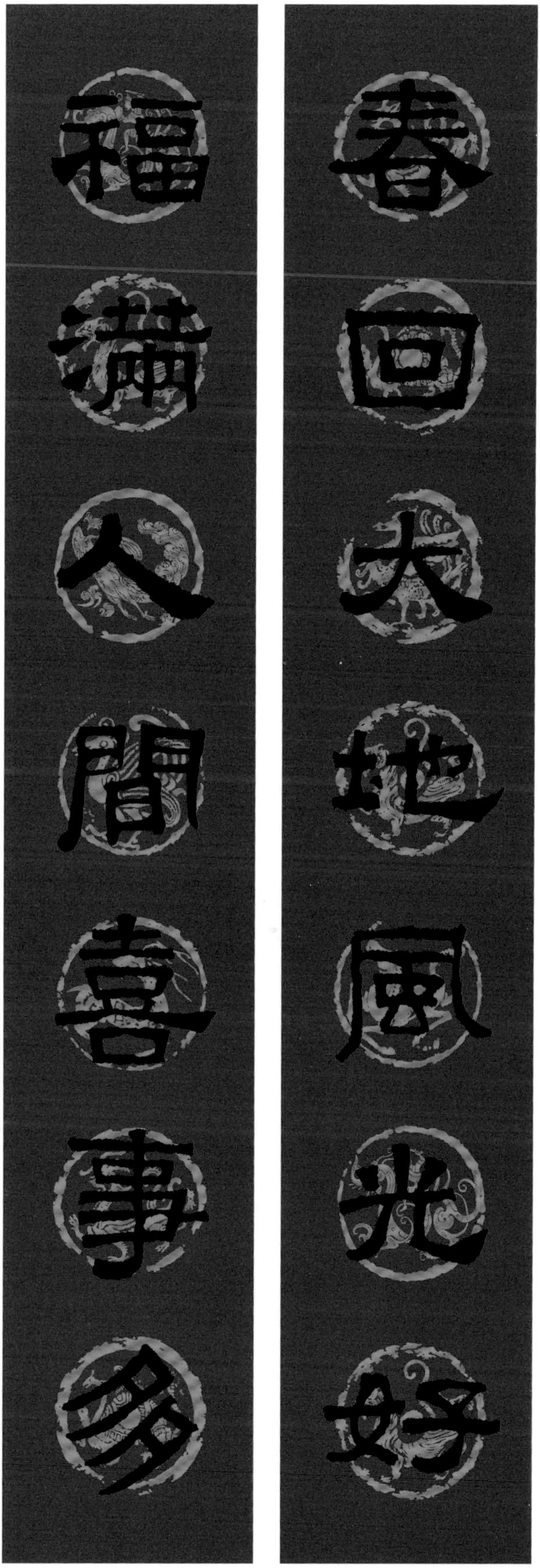

春回大地风光好
福满人间喜事多

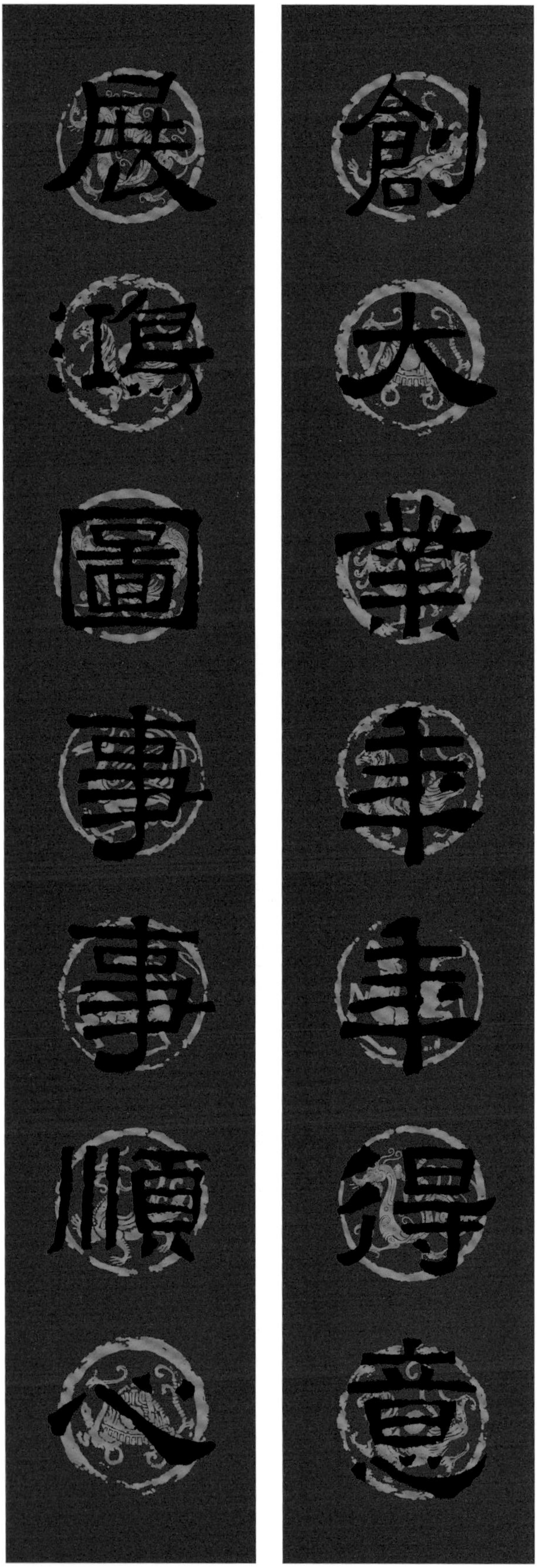

创大业年年得意
展鸿图事事顺心

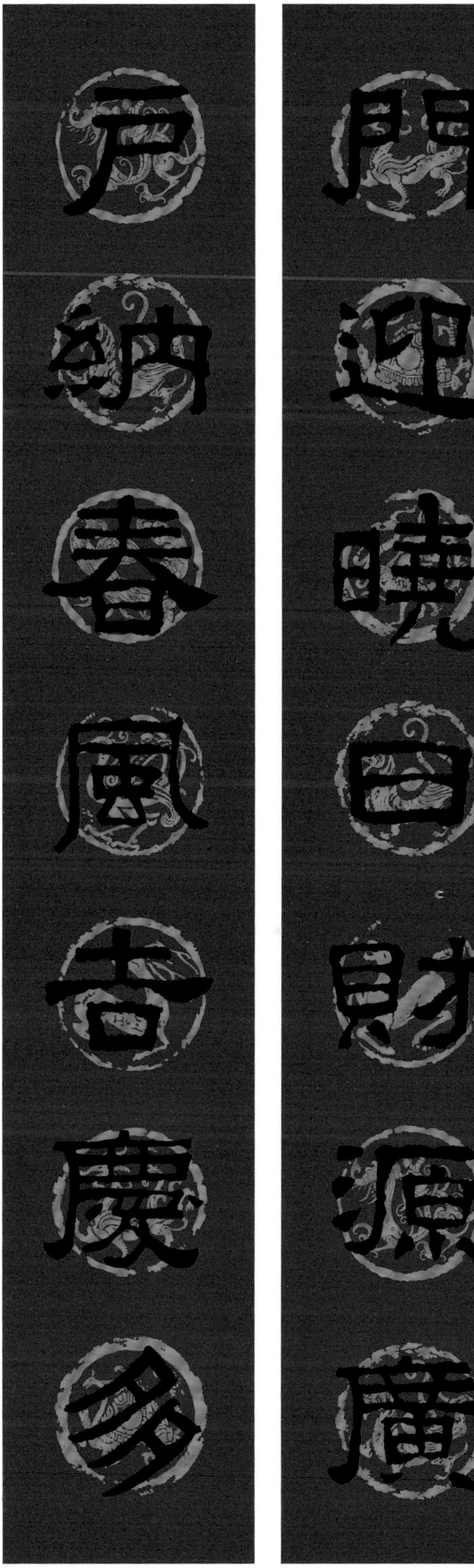

门迎晓日财源广
户纳春风吉庆多

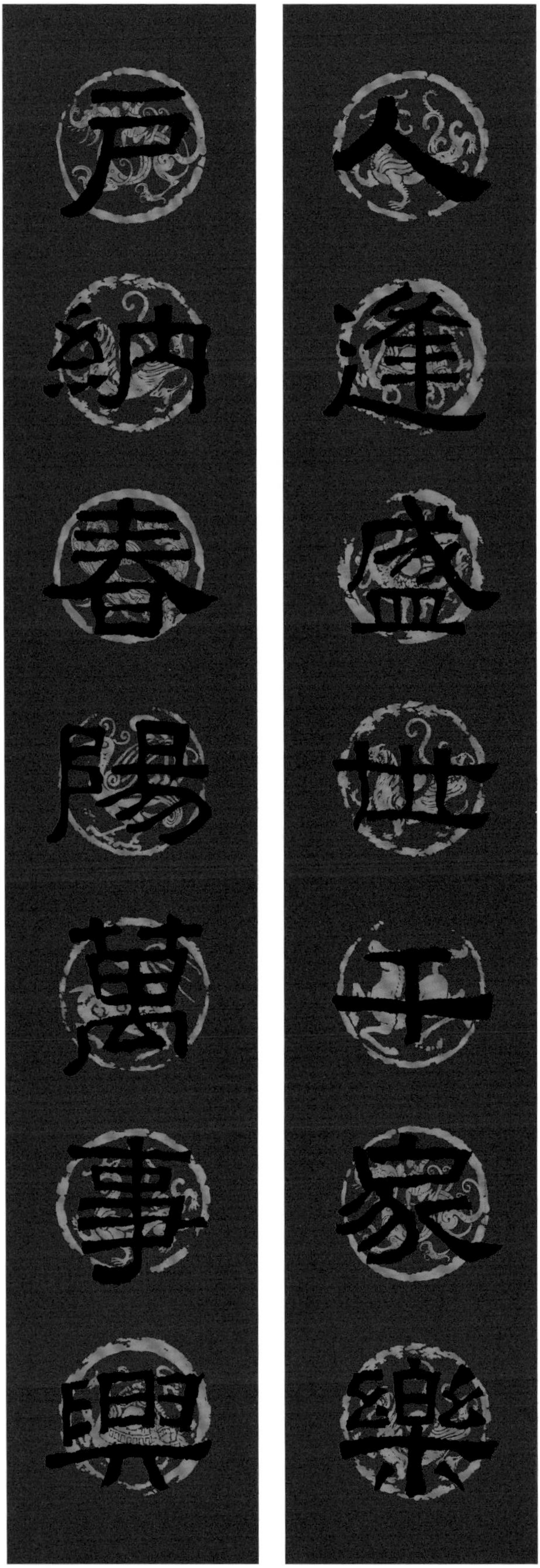

人逢盛世千家乐
户纳春阳万事兴

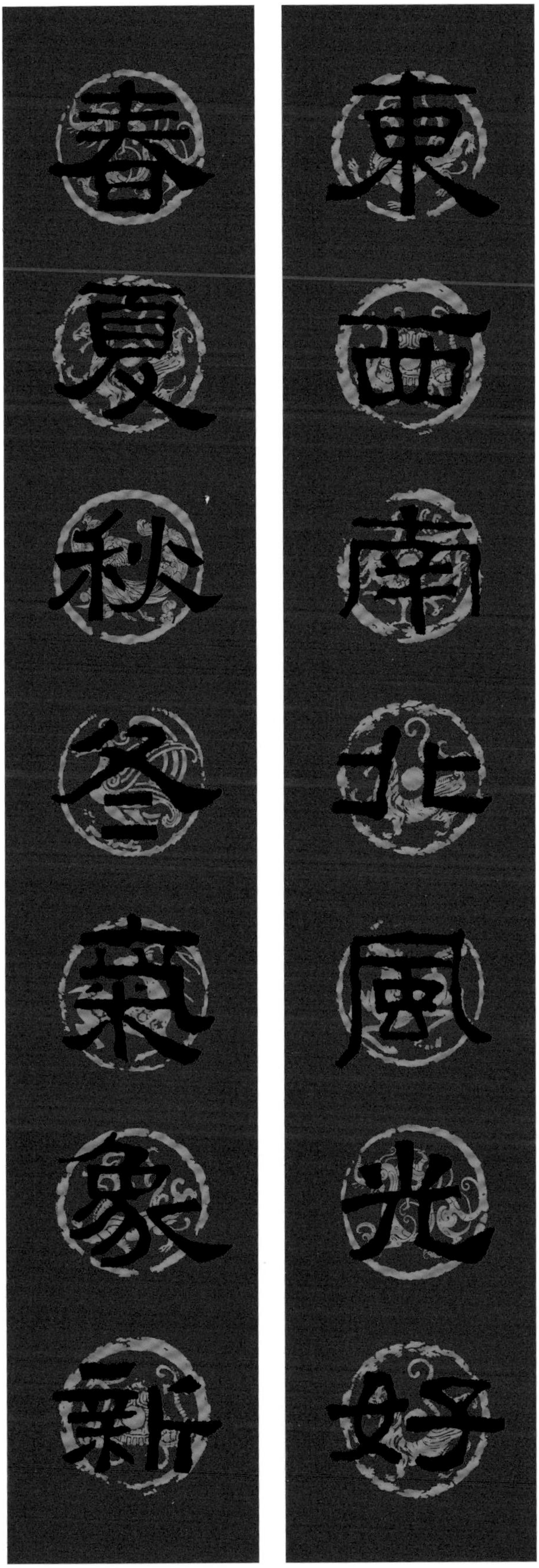

东西南北风光好
春夏秋冬气象新

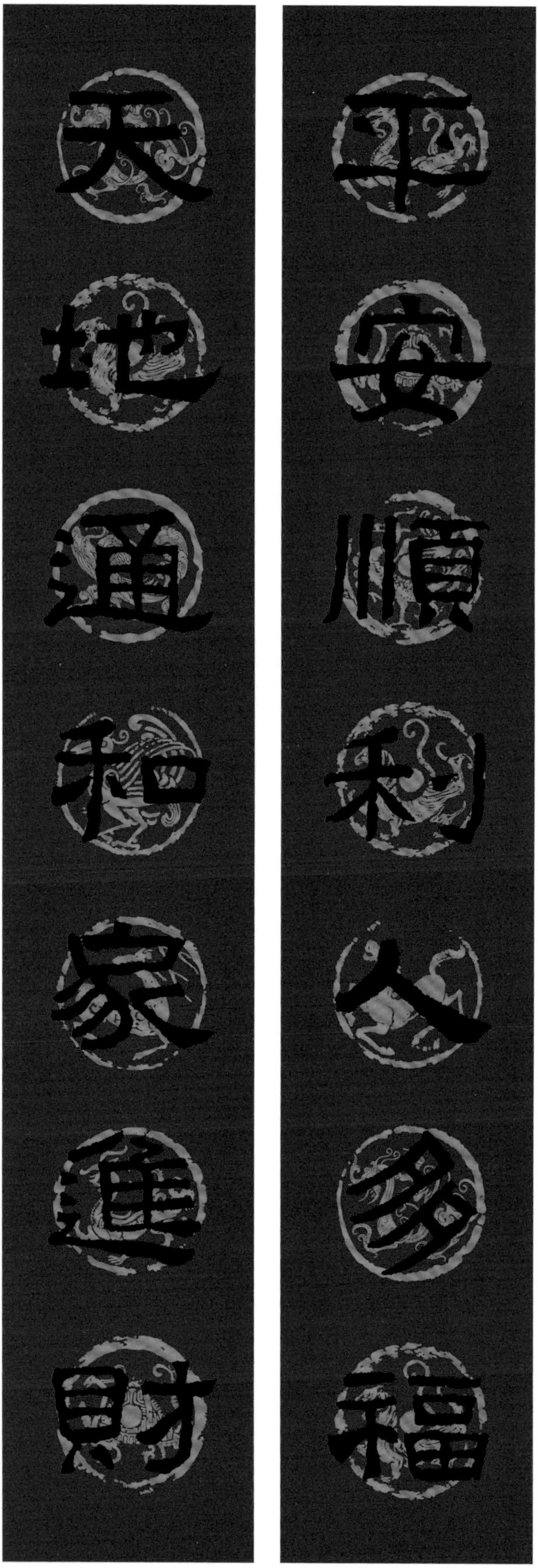

平安顺利人多福
天地通和家进财

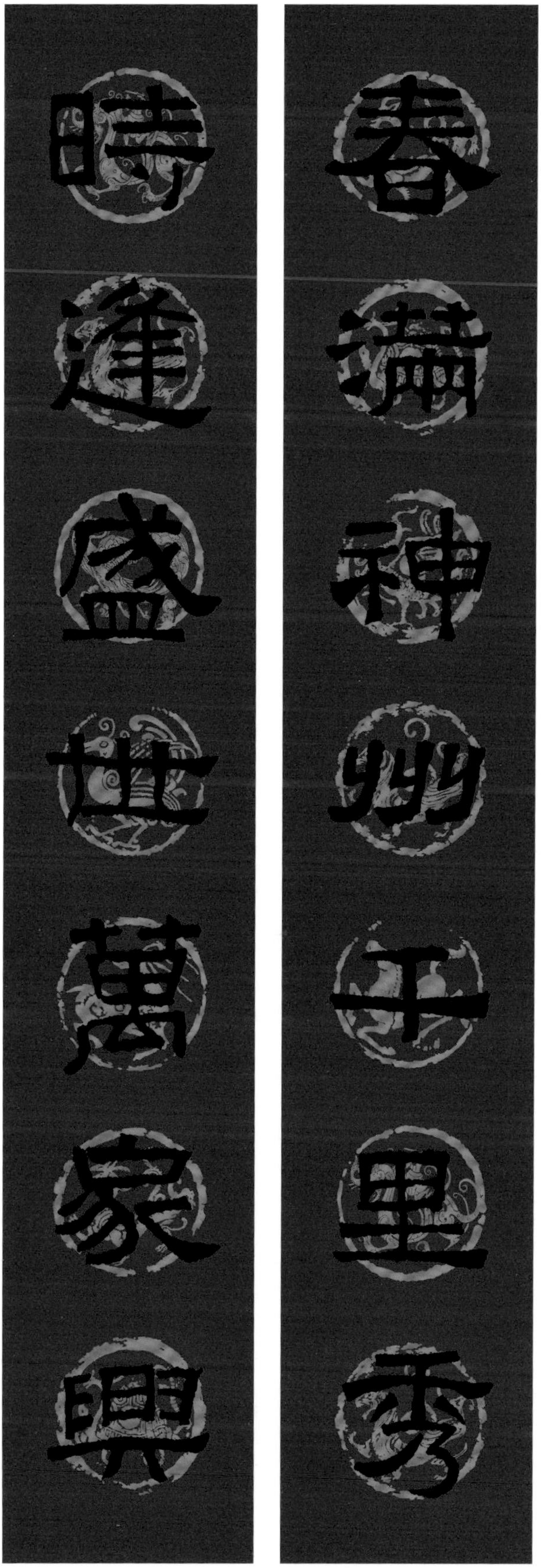

春满神州千里秀
时逢盛世万家兴

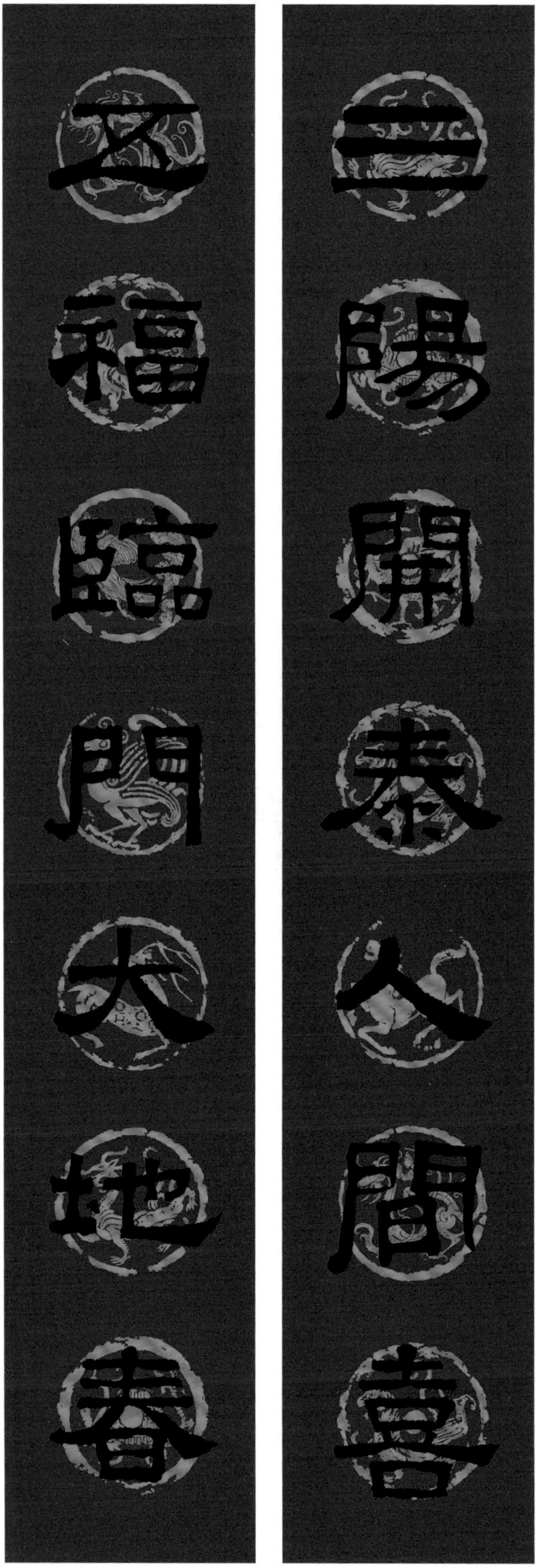

三阳开泰人间喜
五福临门大地春

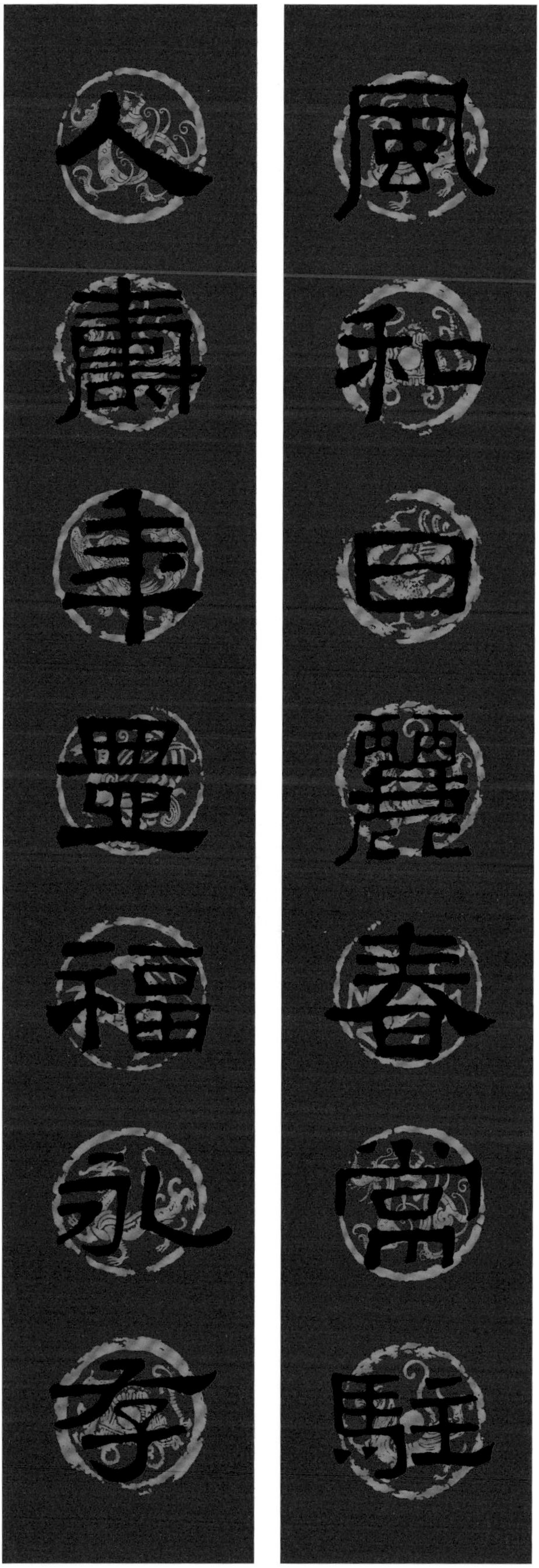

风和日丽春常驻
人寿年丰福永存

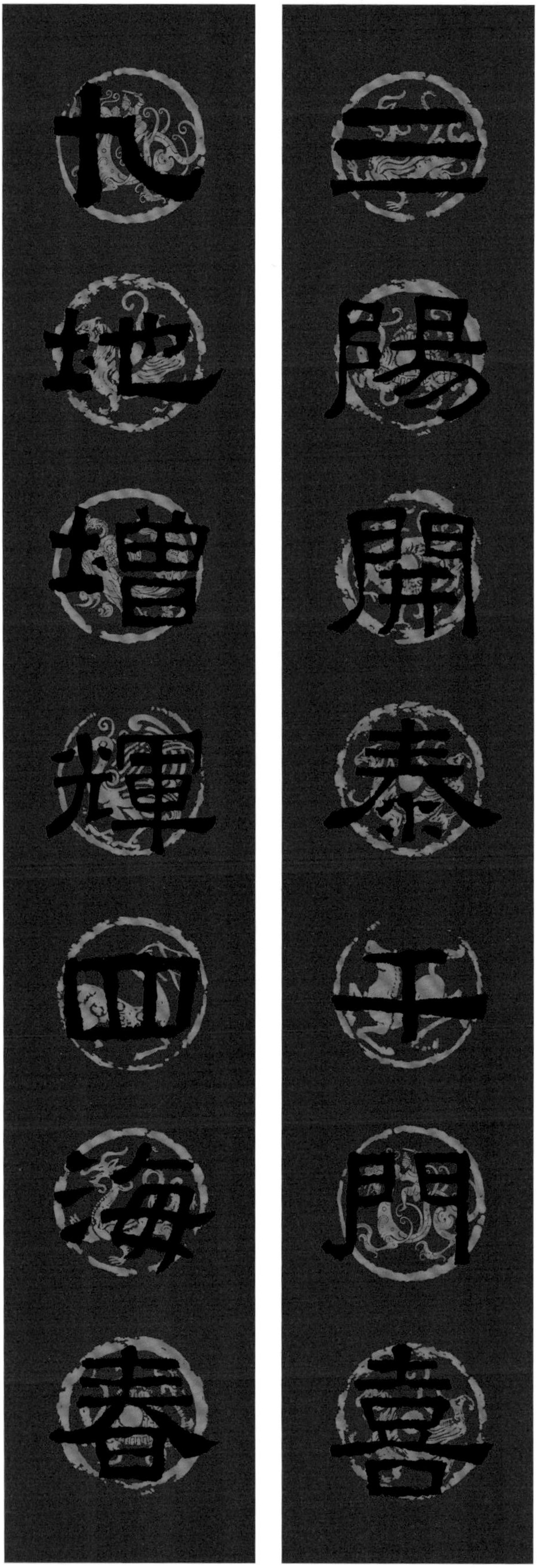

三阳开泰千门喜
九地增辉四海春

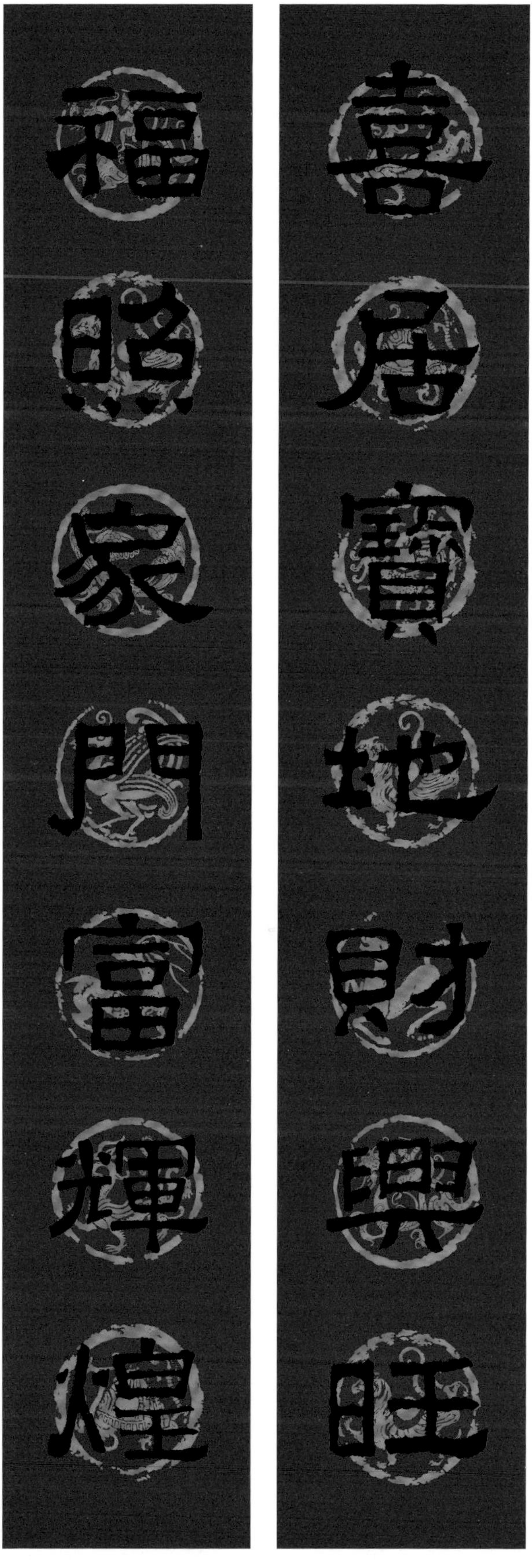

喜居宝地财兴旺
福照家门富辉煌

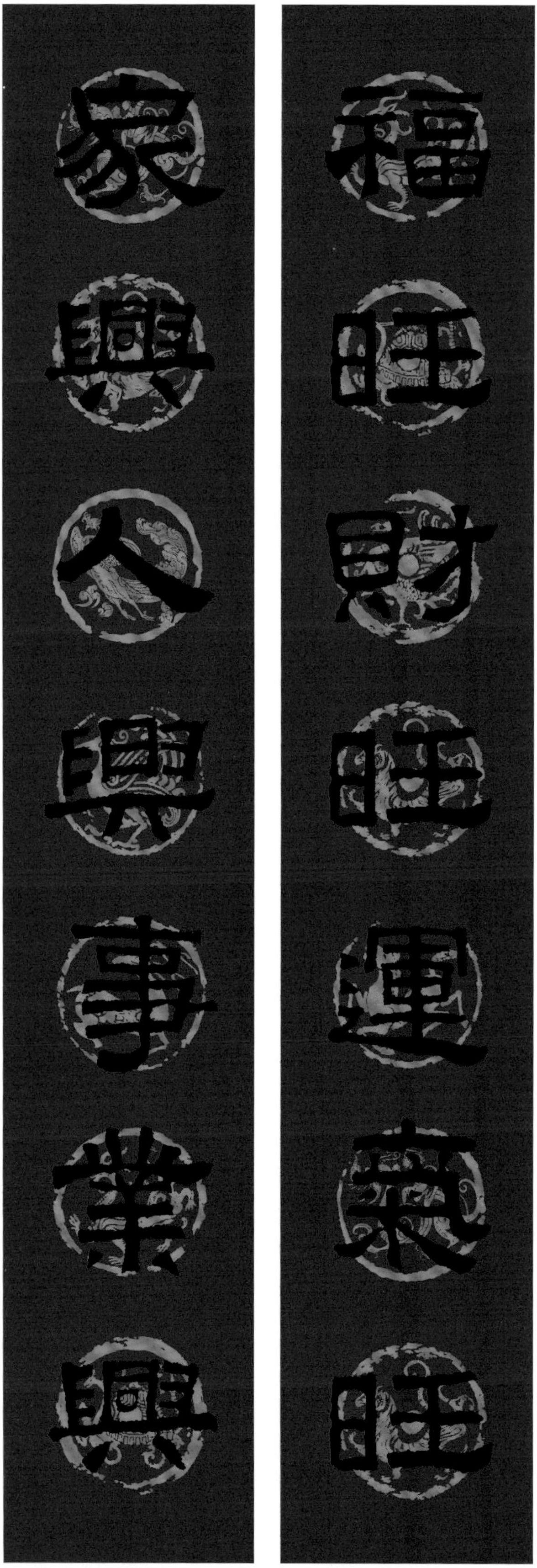

福旺财旺运气旺
家兴人兴事业兴

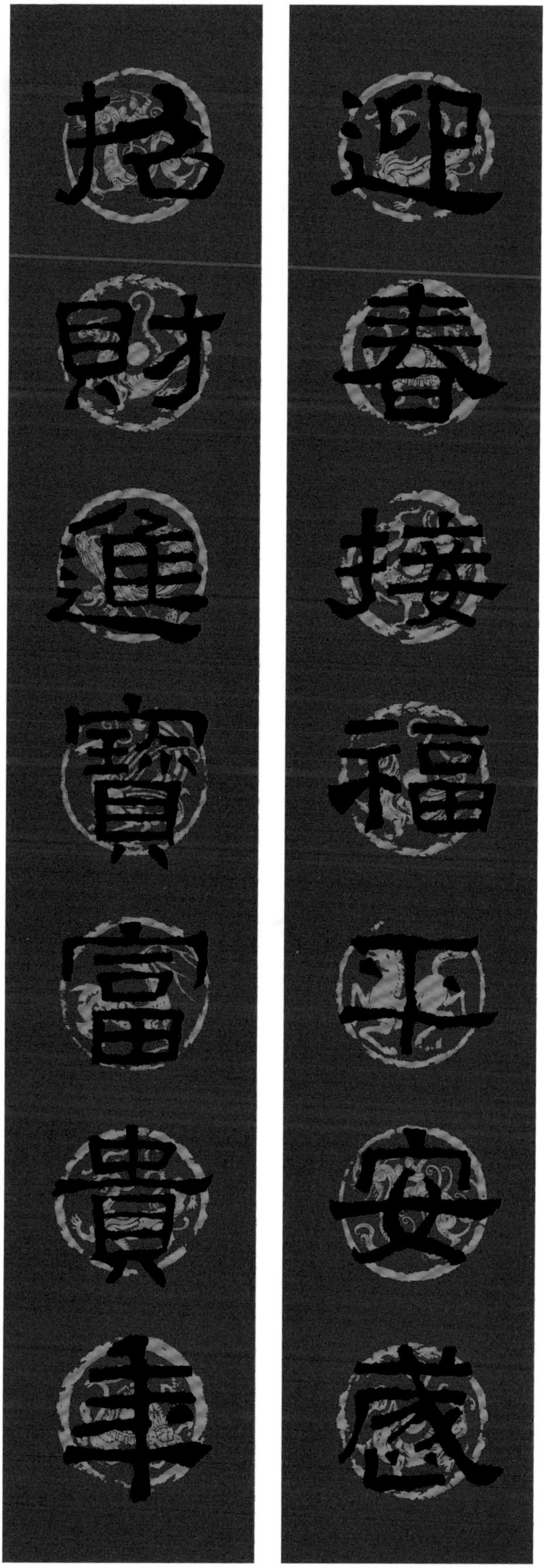

迎春接福平安岁
招财进宝富贵年

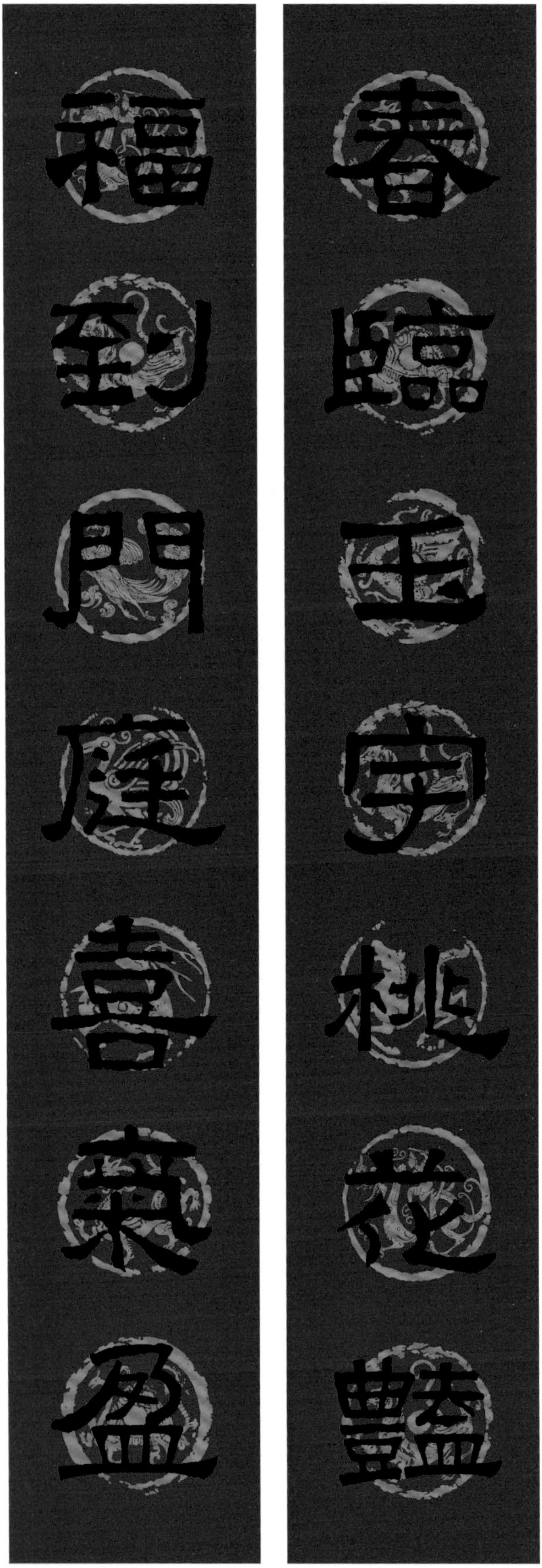

春临玉宇桃花艳
福到门庭喜气盈

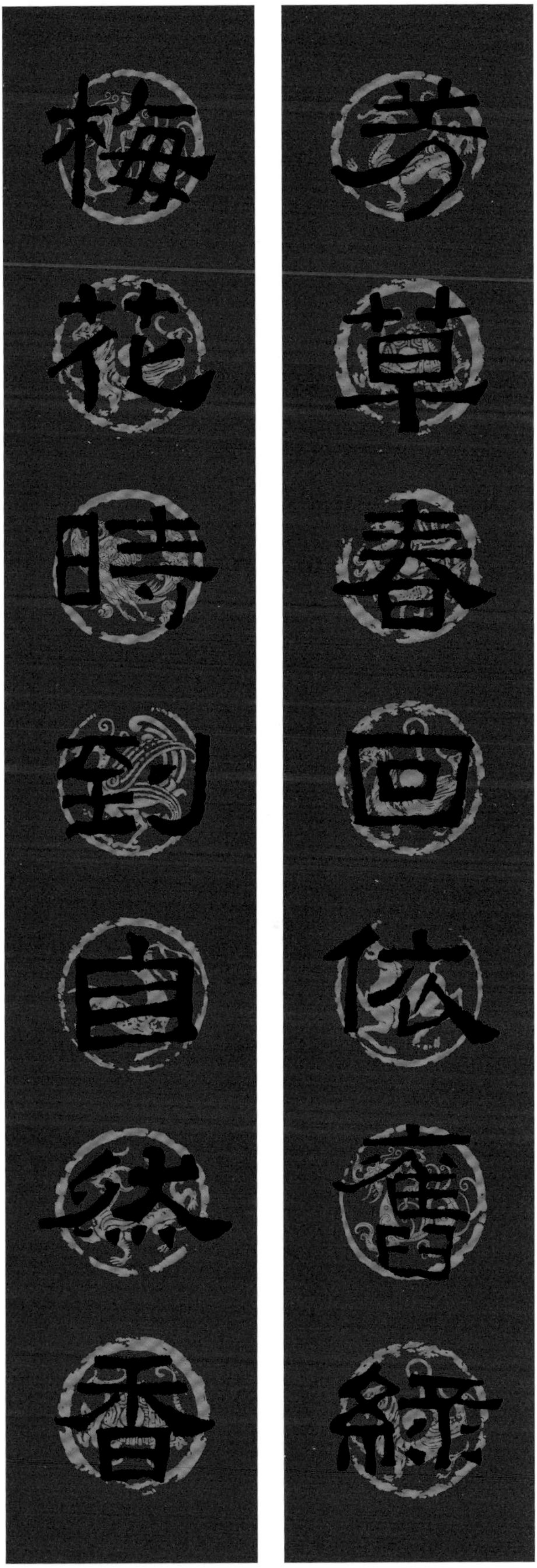

芳草春回依旧绿
梅花时到自然香

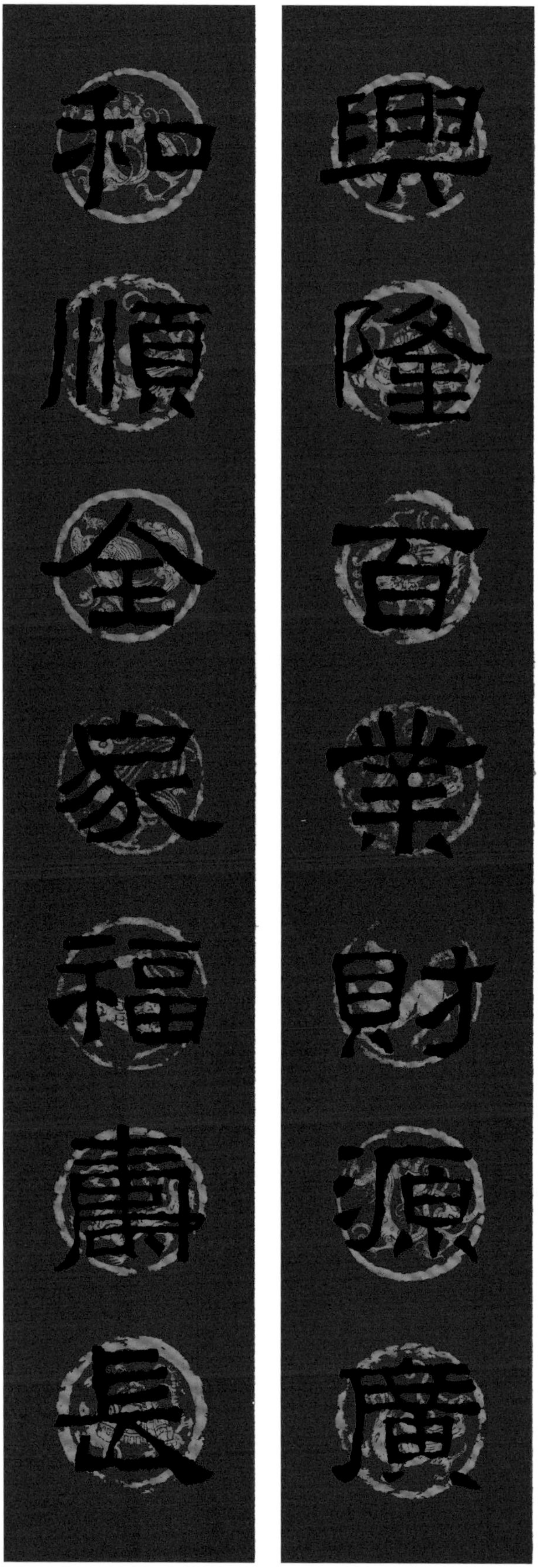

兴隆百业财源广
和顺全家福寿长

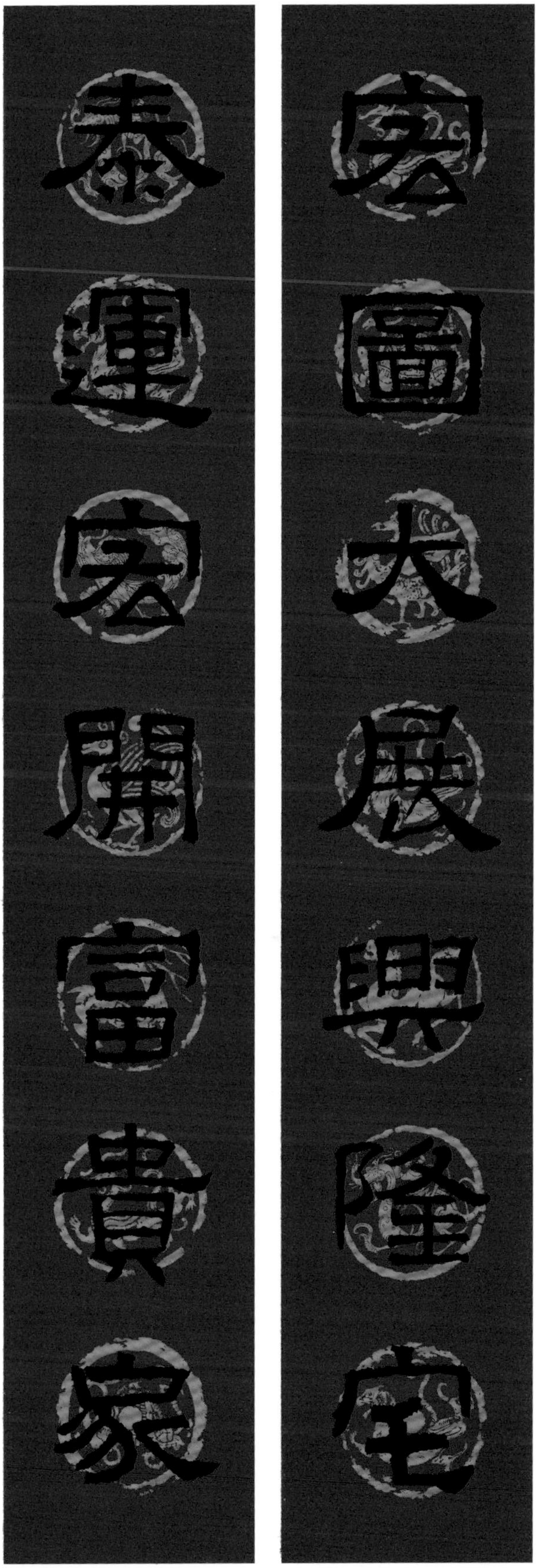
宏圖大展興隆宅
泰運宏開富貴家

宏图大展兴隆宅
泰运宏开富贵家

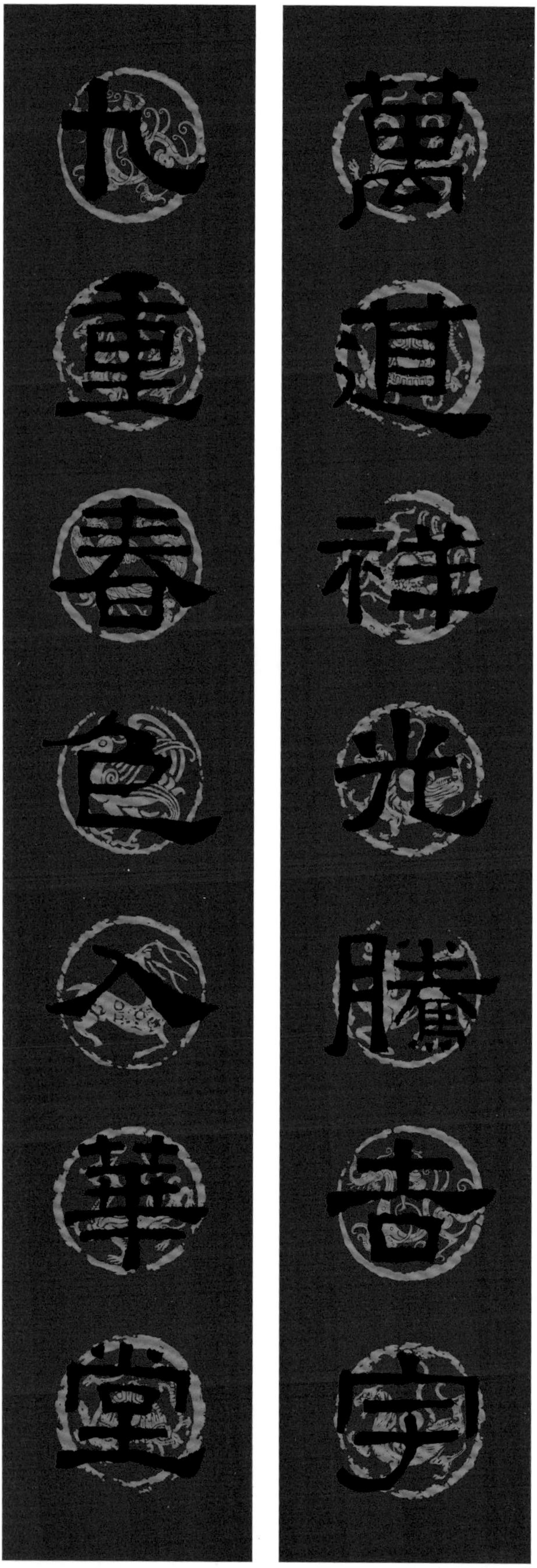

万道祥光腾吉宇
九重春色入华堂

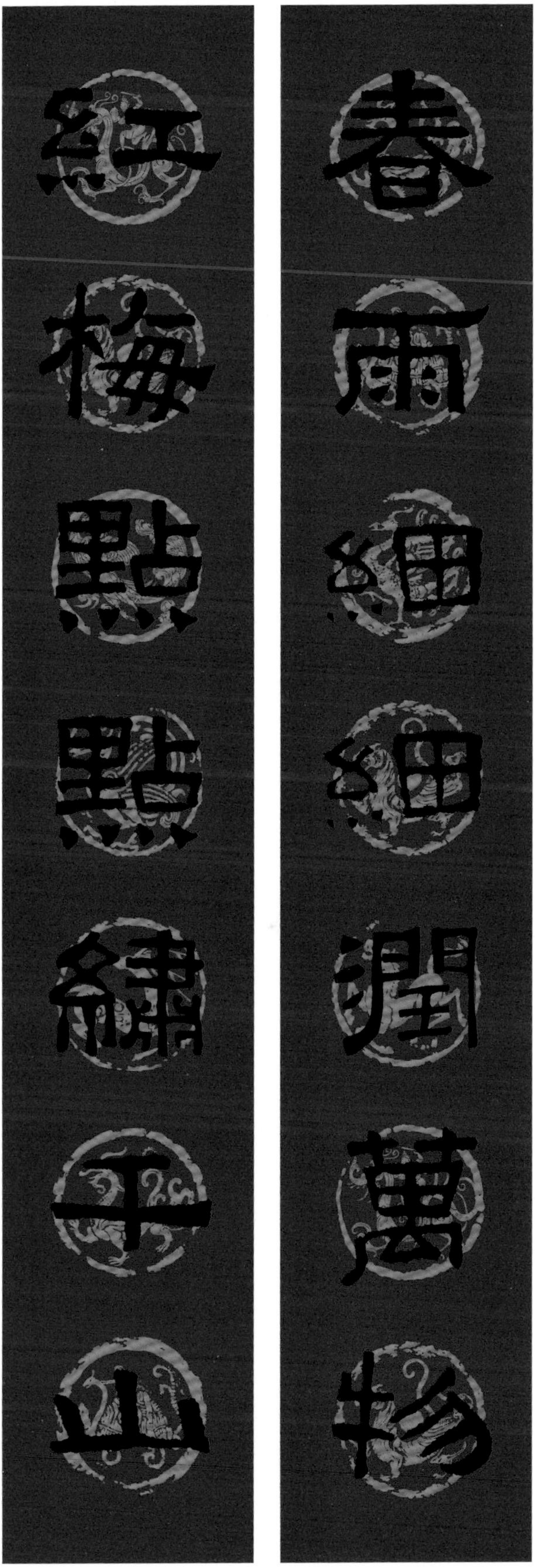

春雨细细润万物
红梅点点绣千山

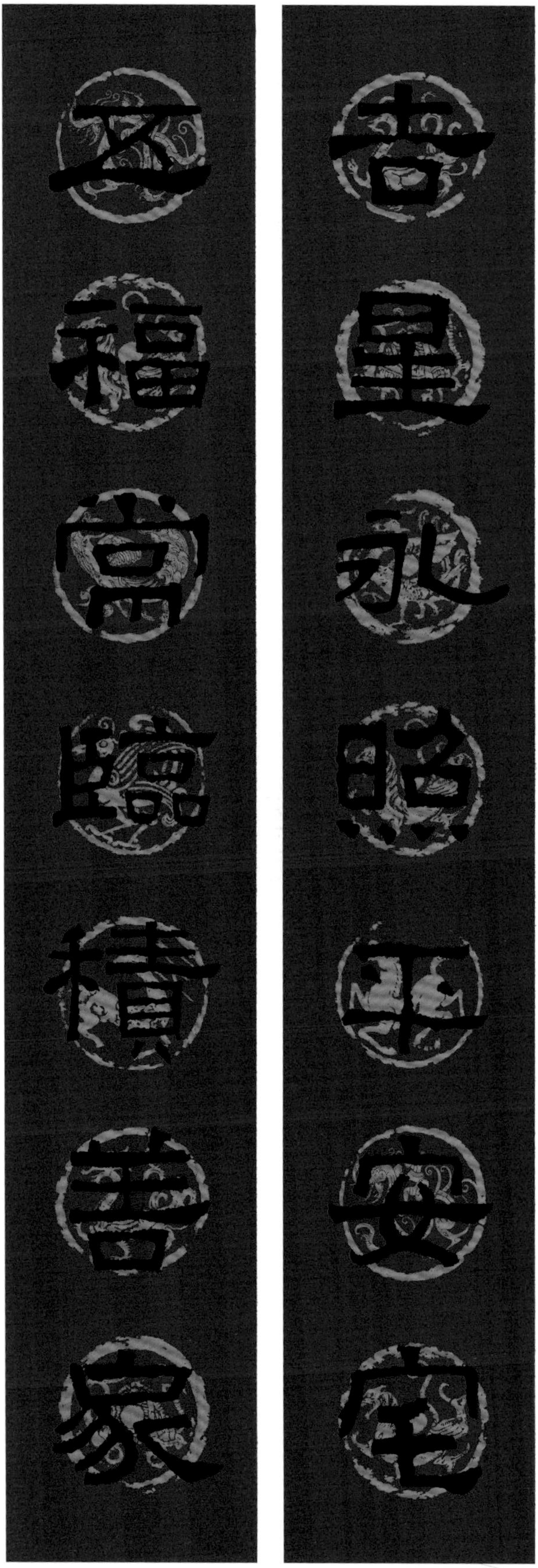

吉星永照平安宅
五福常临积善家

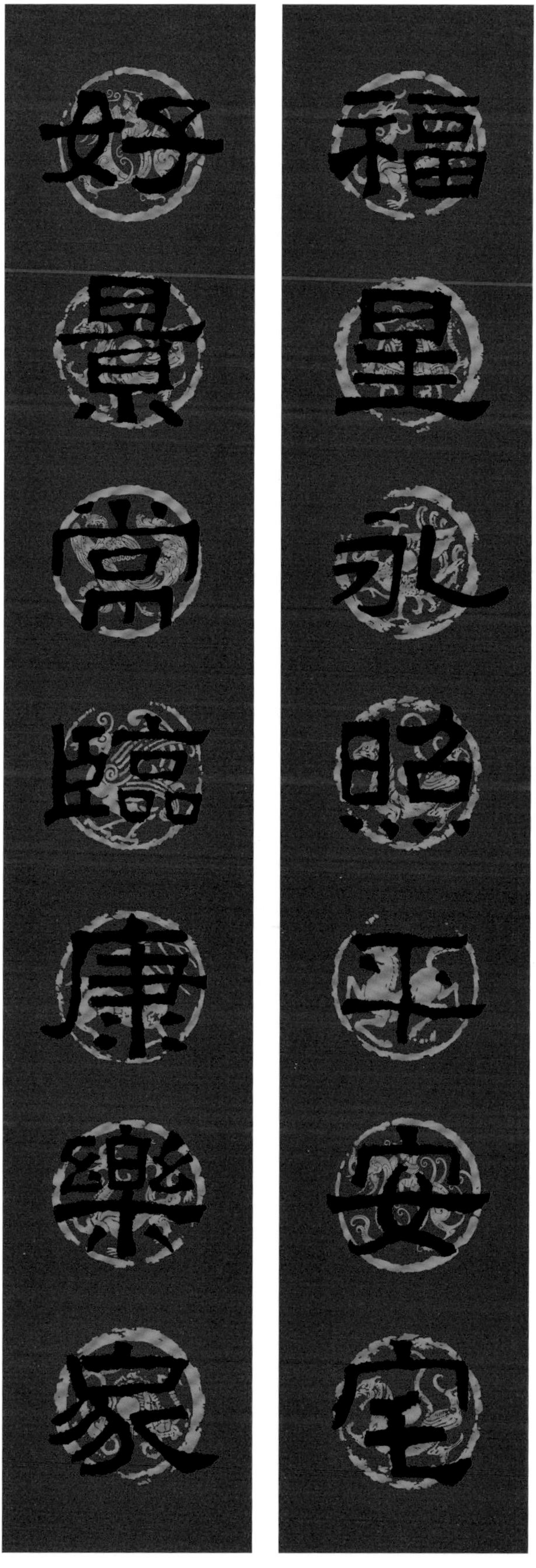

福星永照平安宅
好景常临康乐家

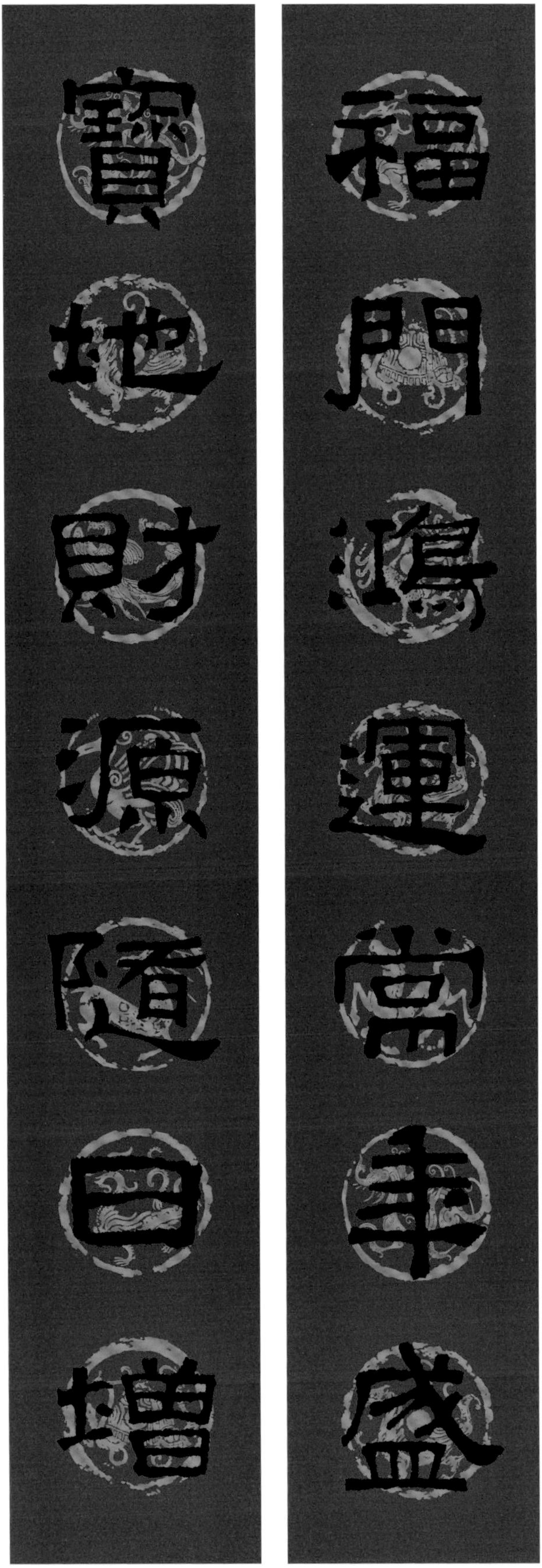

福门鸿运常年盛
宝地财源随日增

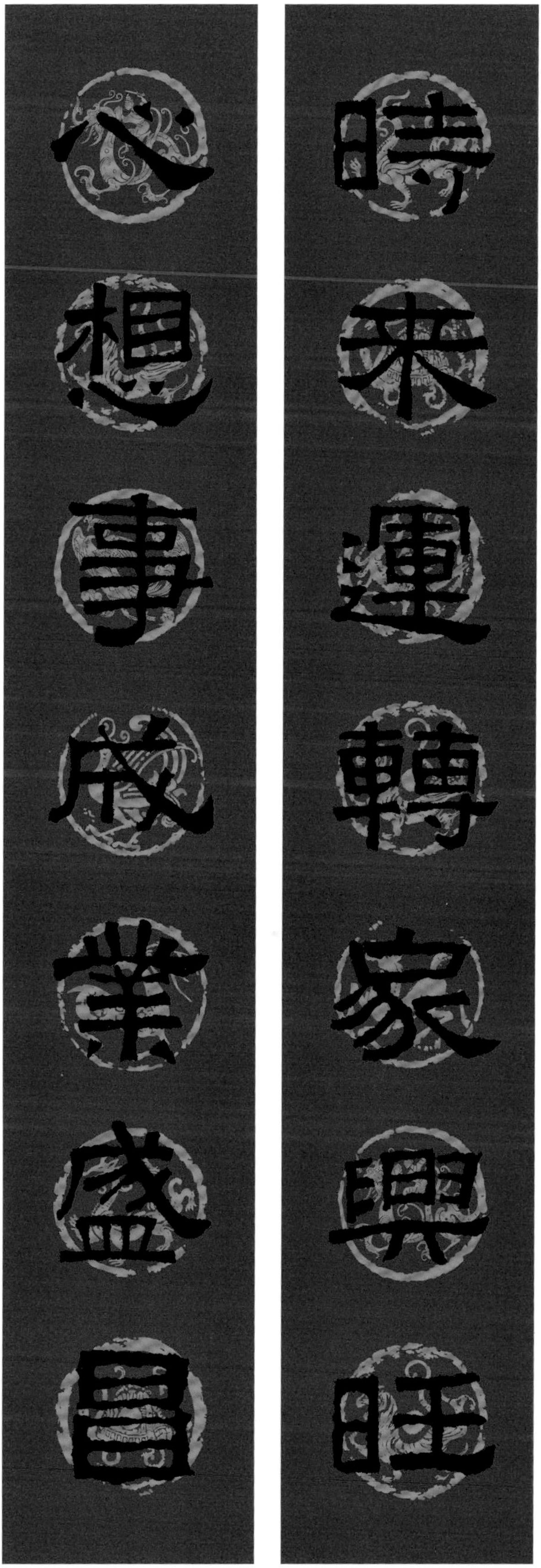

时来运转家兴旺
心想事成业盛昌

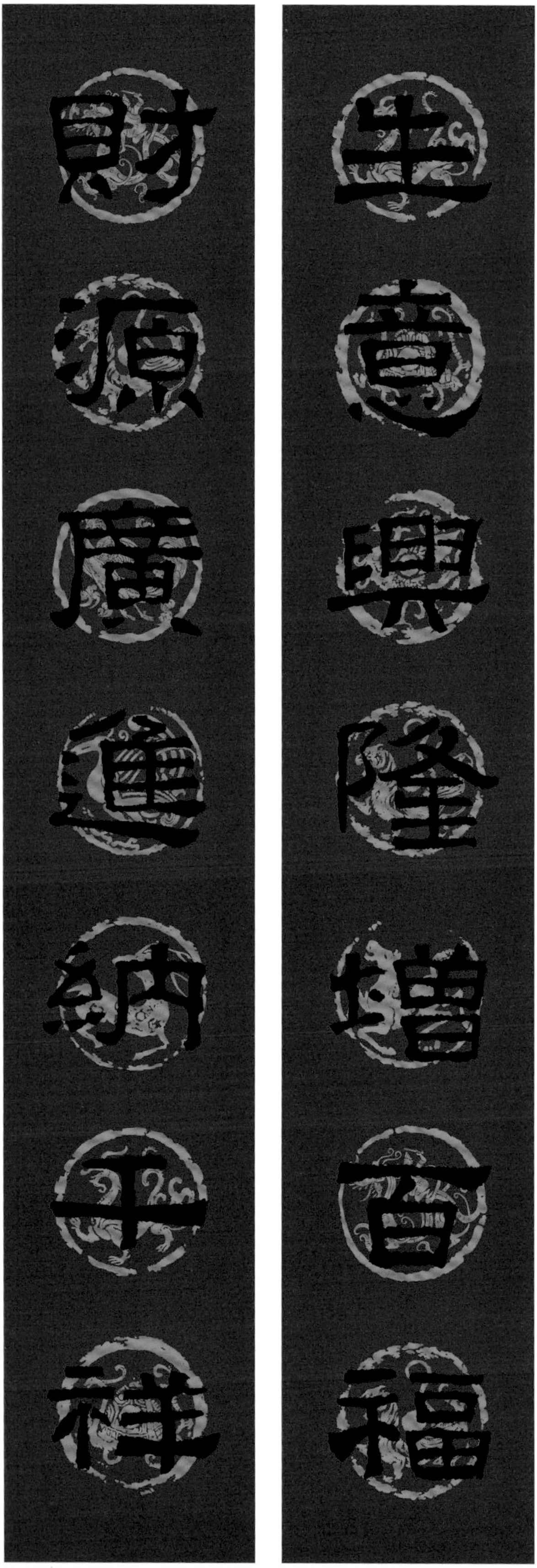

生意兴隆增百福
财源广进纳千祥

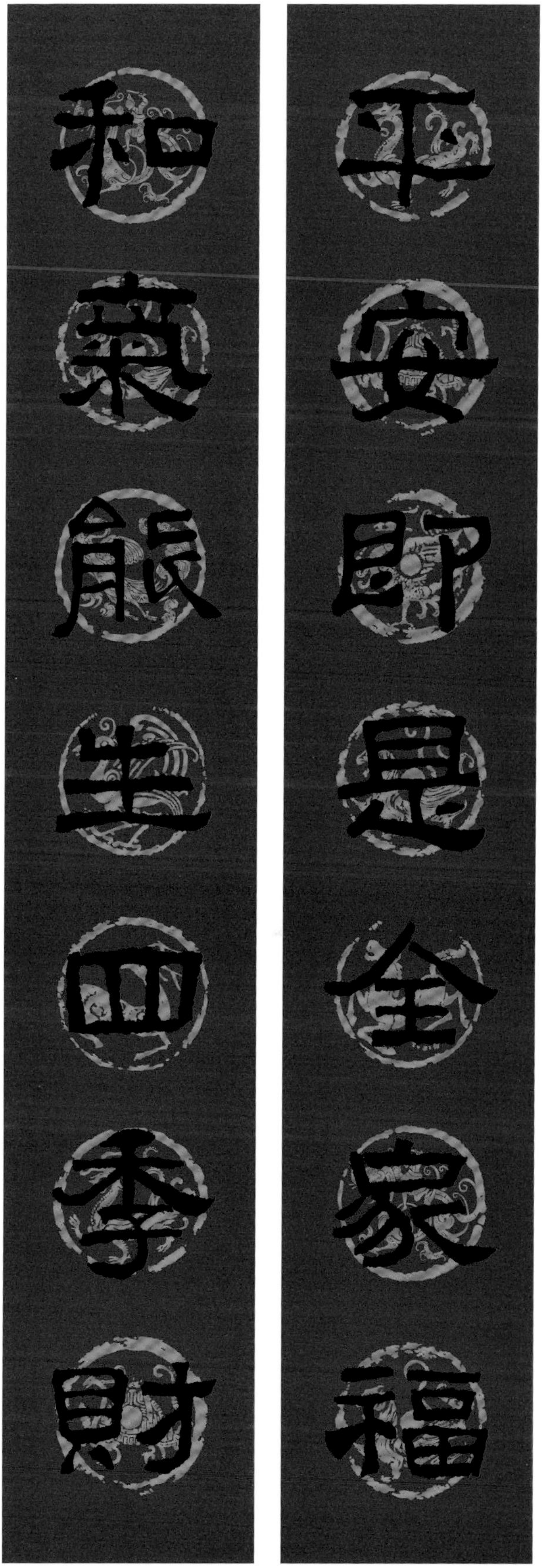

平安即是全家福
和气能生四季财

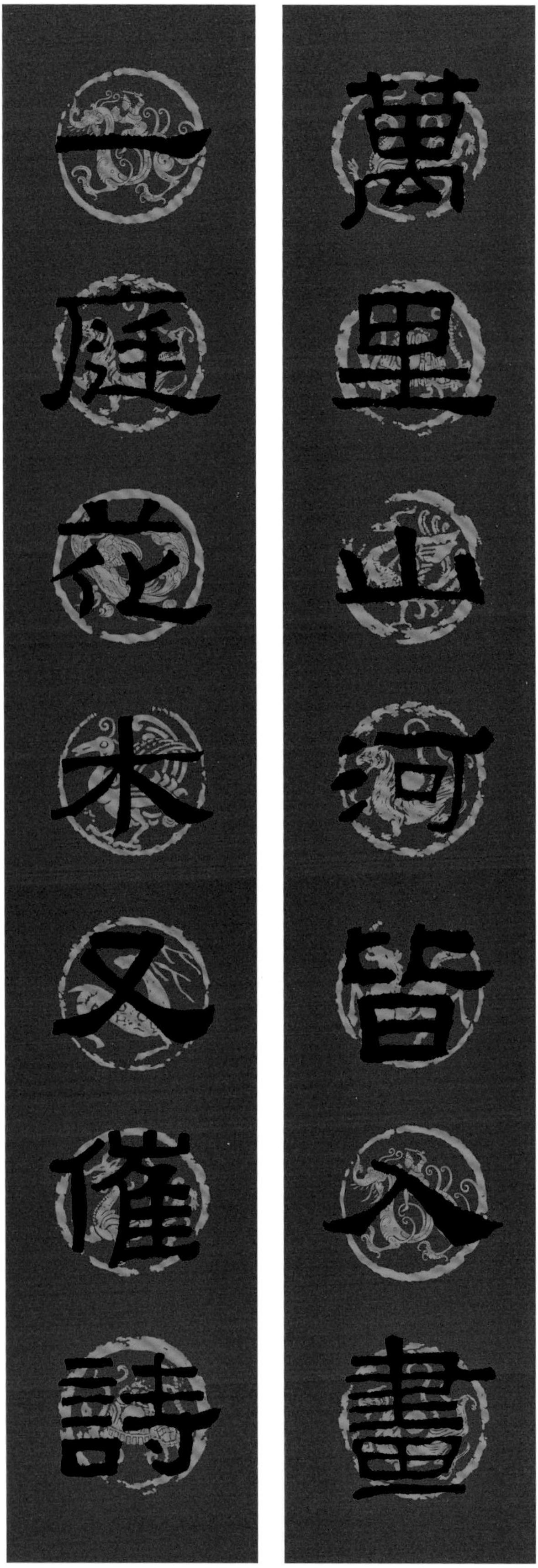

万里山河皆入画
一庭花木又催诗

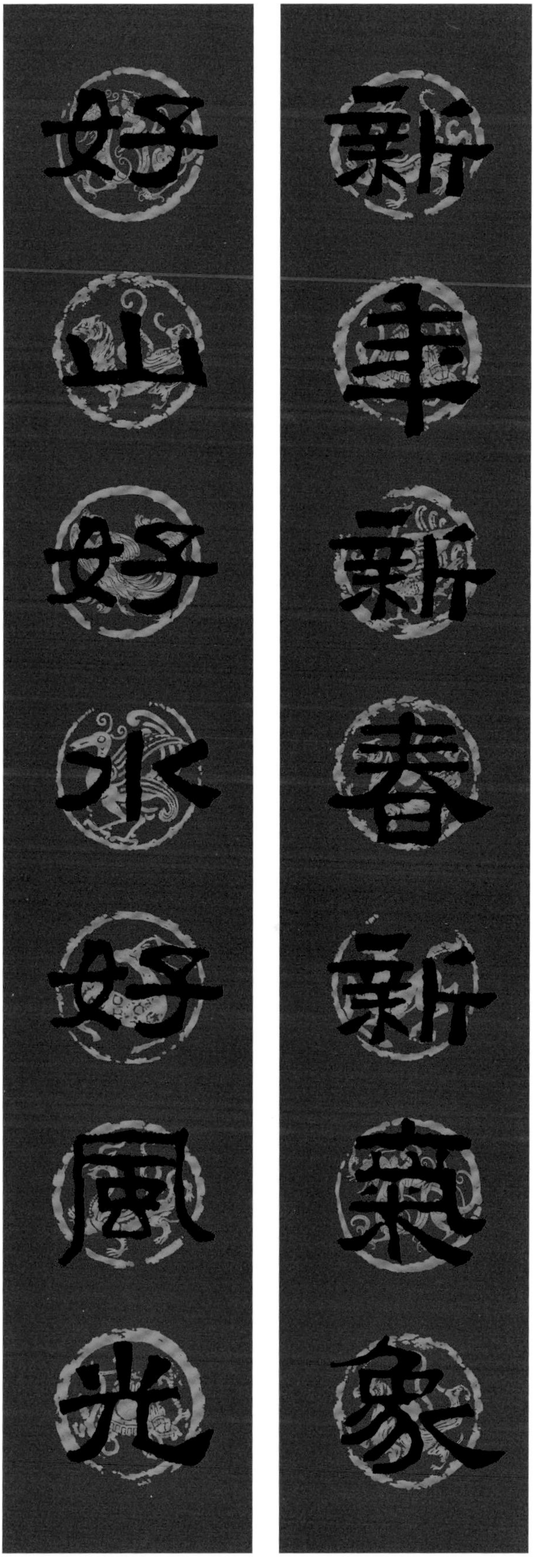

新年新春新气象
好山好水好风光

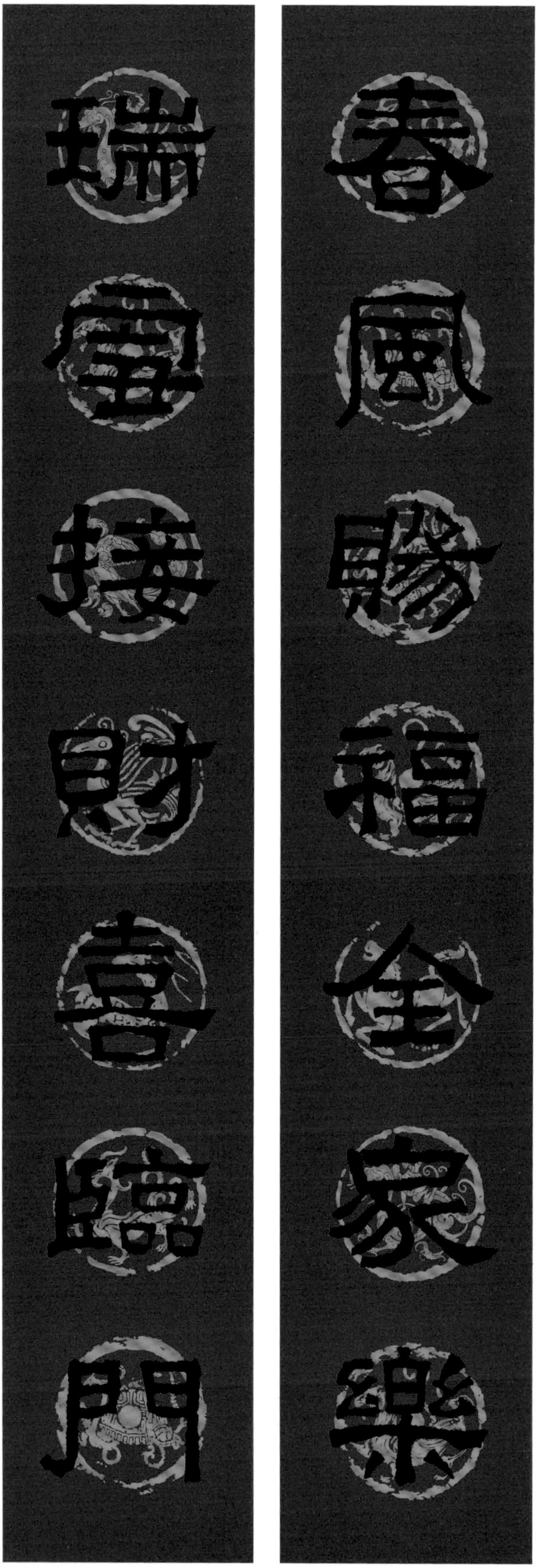

春风赐福全家乐
瑞雪接财喜临门

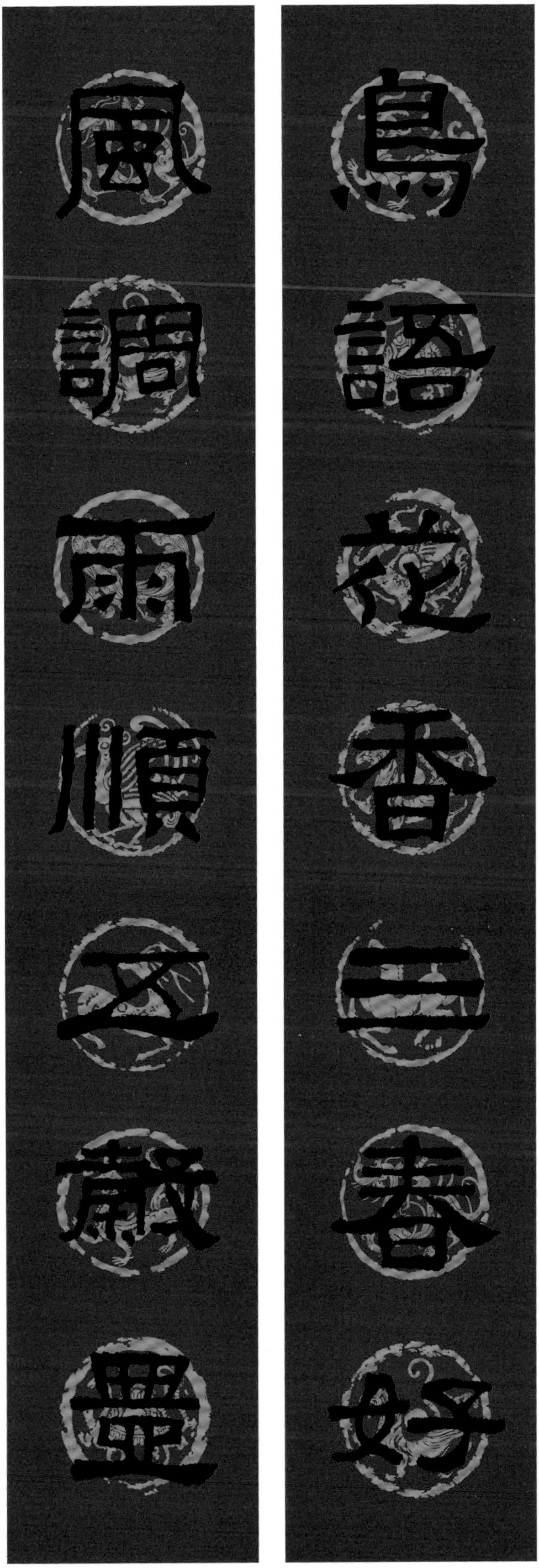

鸟语花香三春好
风调雨顺五谷丰

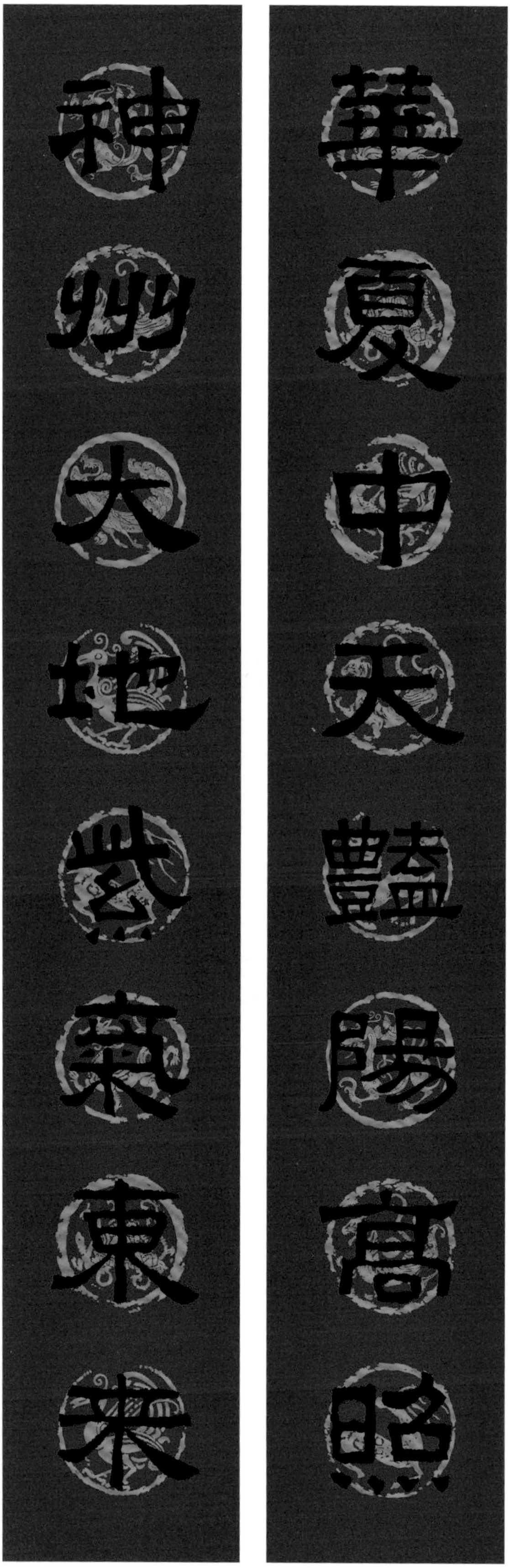
華夏中天豔陽高照
神州大地紫氣東來

华夏中天艳阳高照
神州大地紫气东来

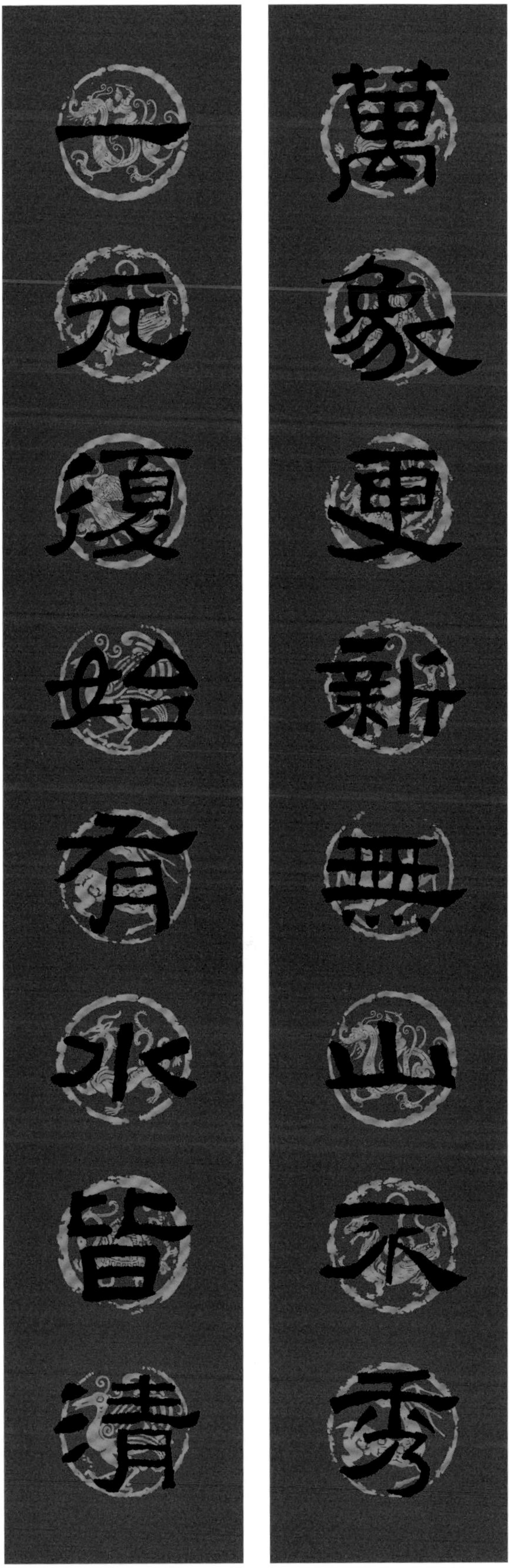

万象更新无山不秀
一元复始有水皆清

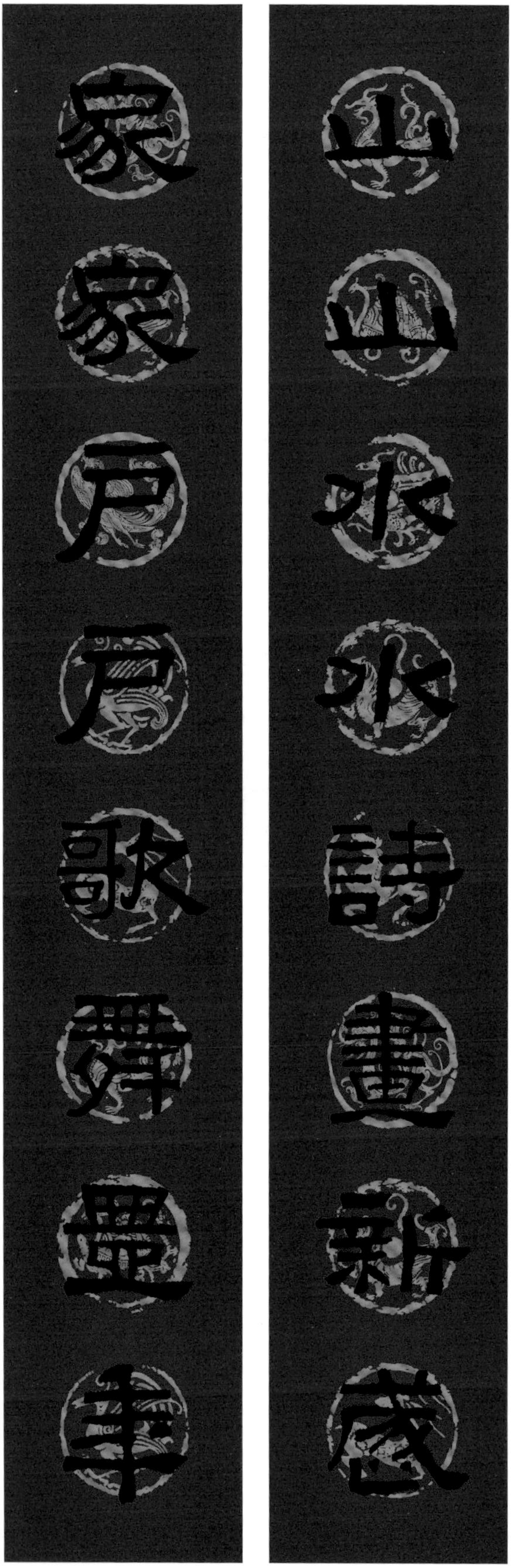

山山水水诗画新岁
家家户户歌舞丰年

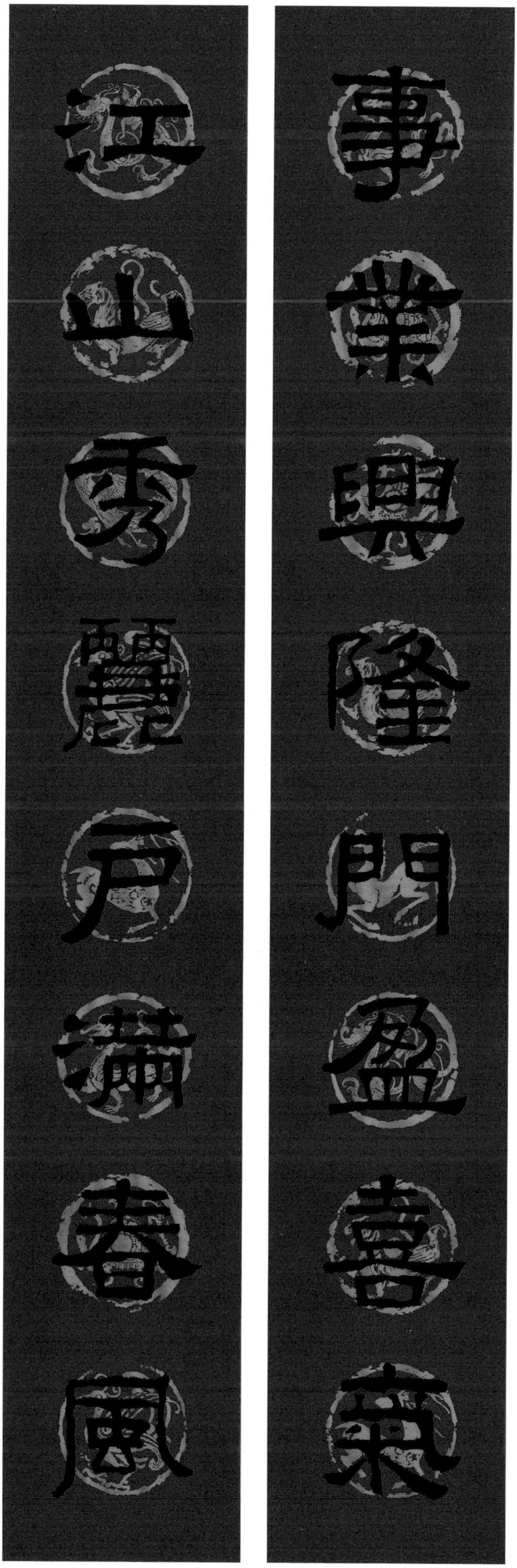

事业兴隆门盈喜气
江山秀丽户满春风

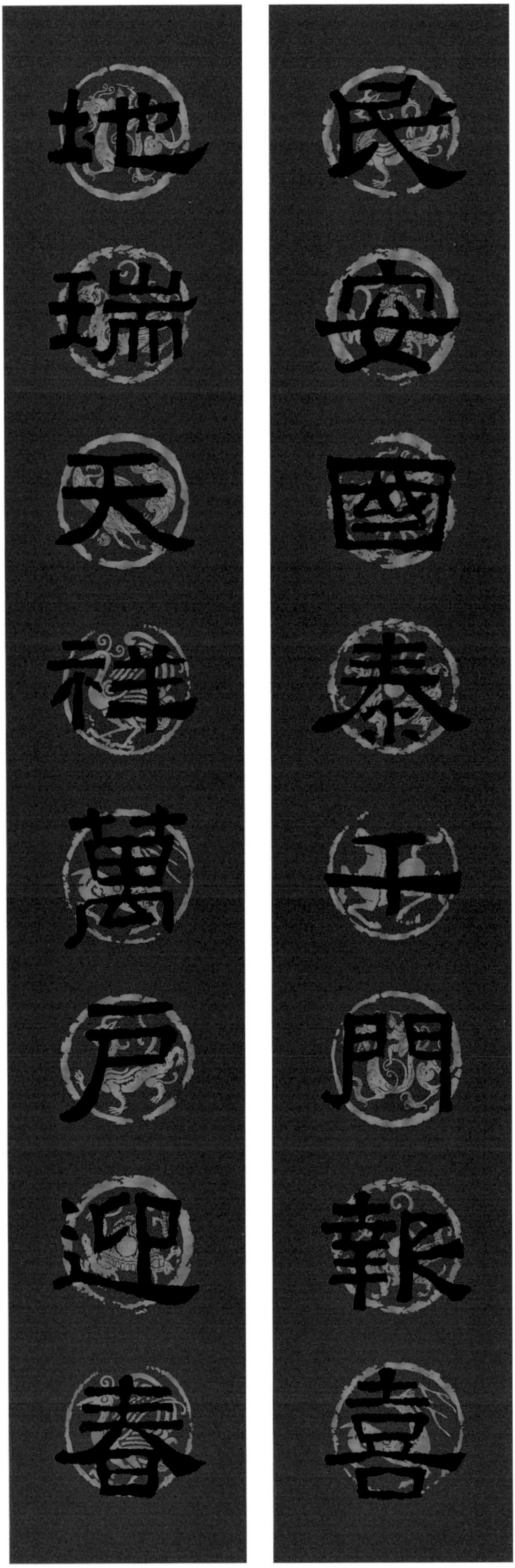

民安国泰千门报喜
地瑞天祥万户迎春

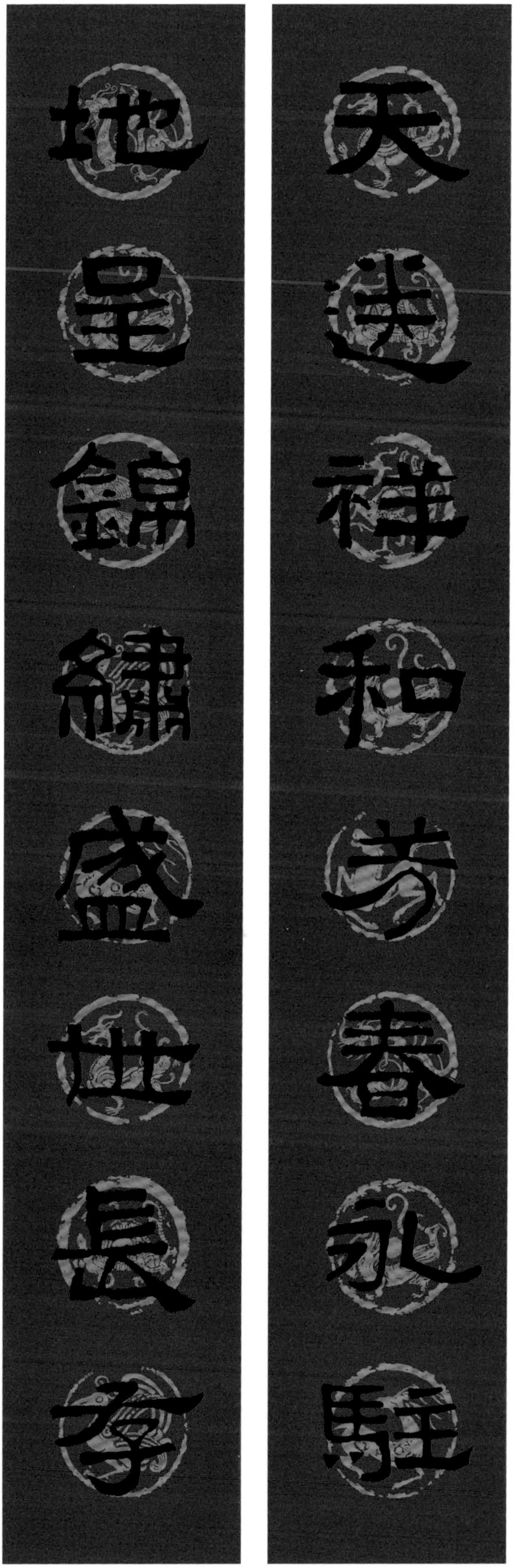

天送祥和芳春永驻
地呈锦绣盛世长存

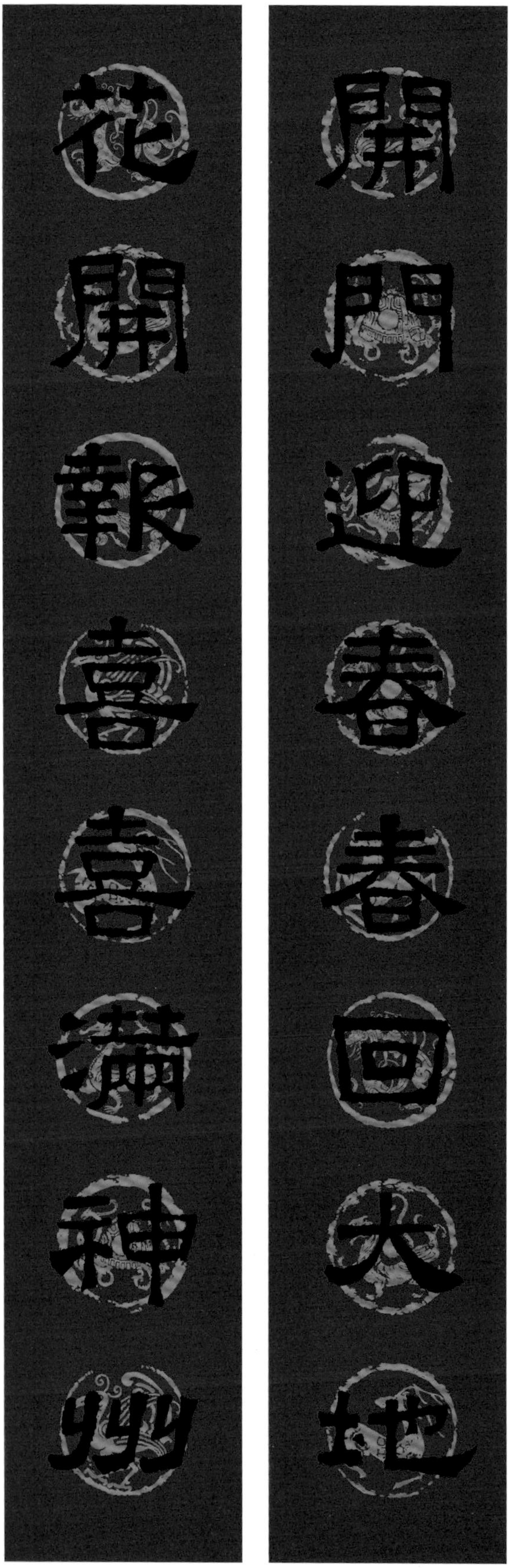

开门迎春春回大地
花开报喜喜满神州

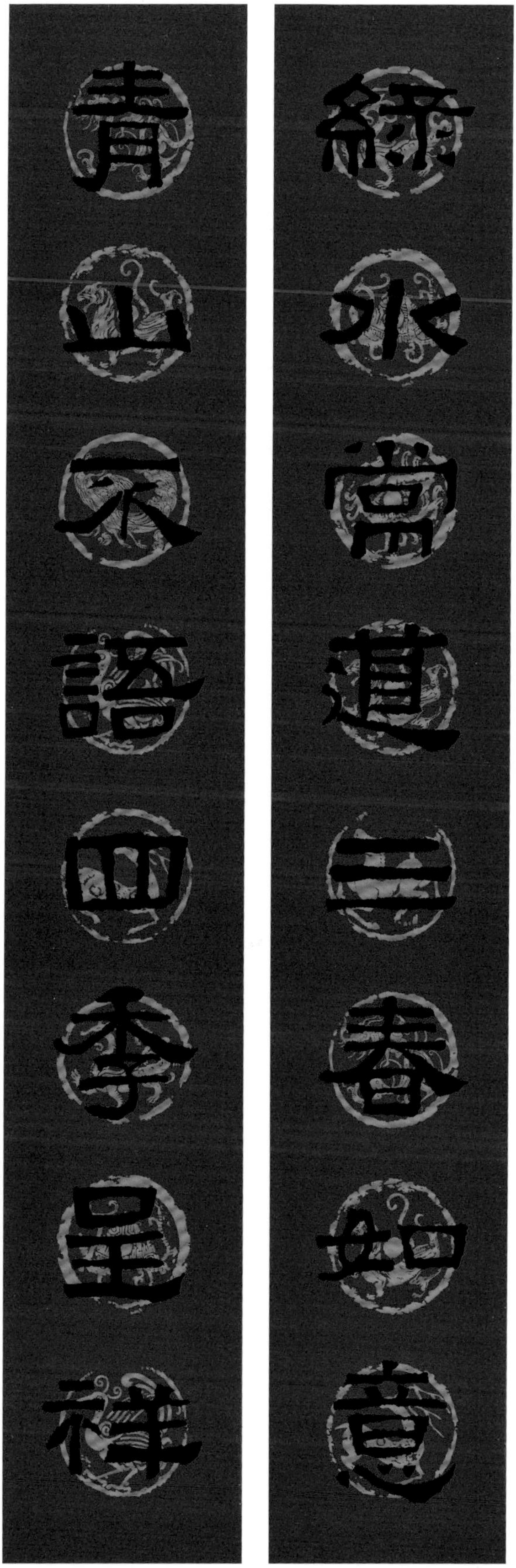

绿水常道三春如意
青山不语四季呈祥

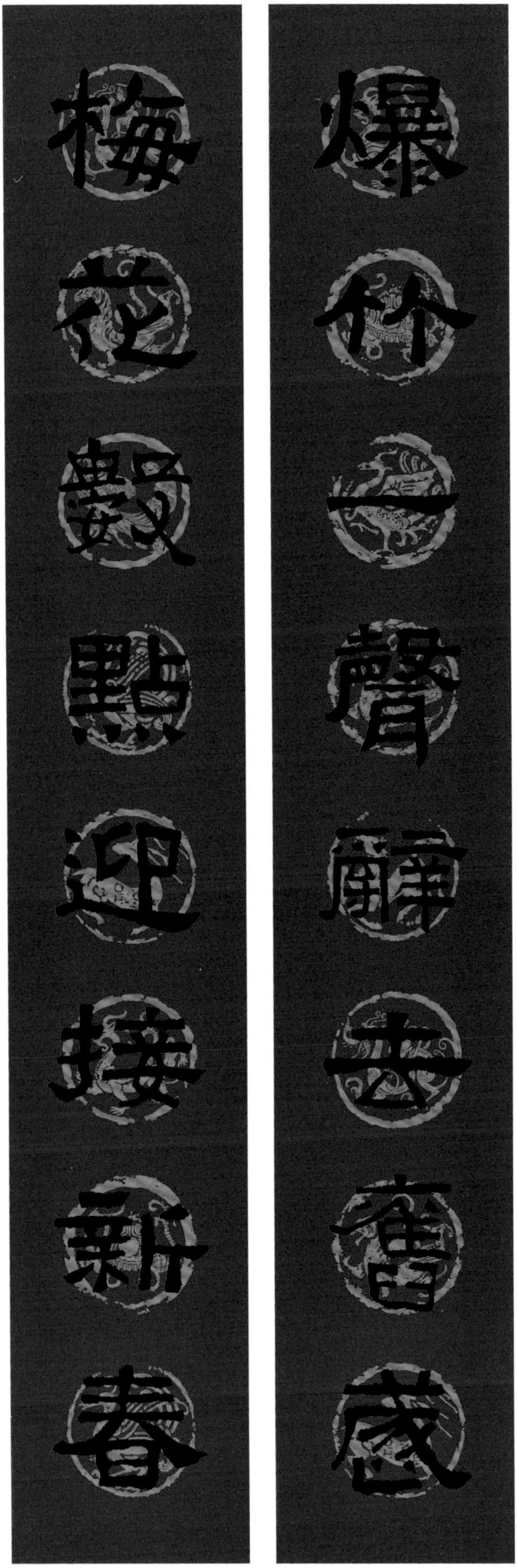

爆竹一声辞去旧岁
梅花数点迎接新春

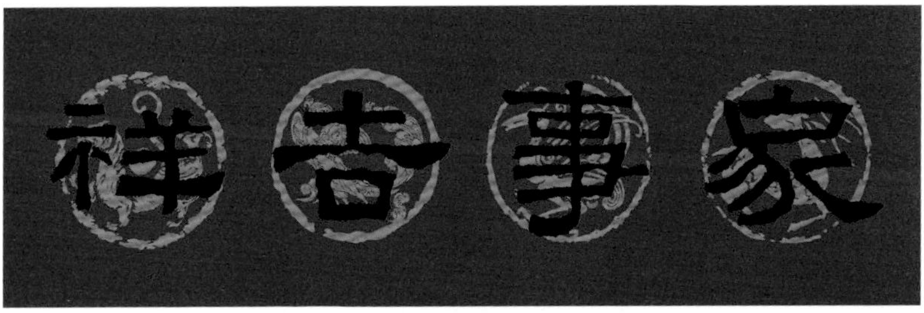

家事吉祥

户纳千祥

普天同庆

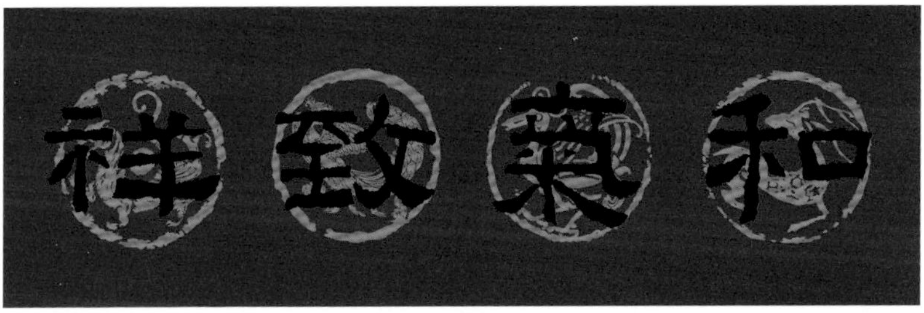

和气致祥

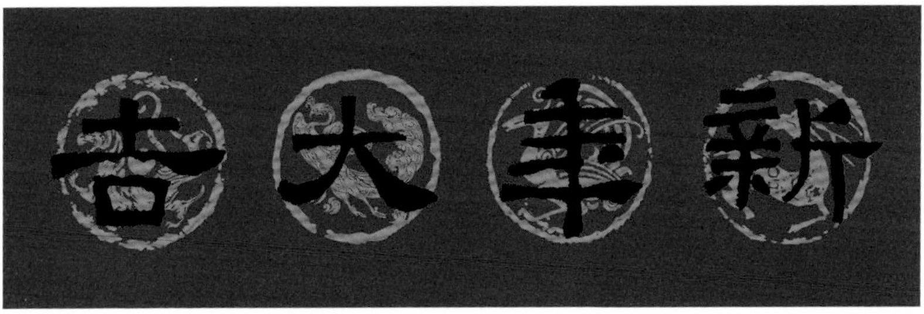

新年大吉

风调雨顺

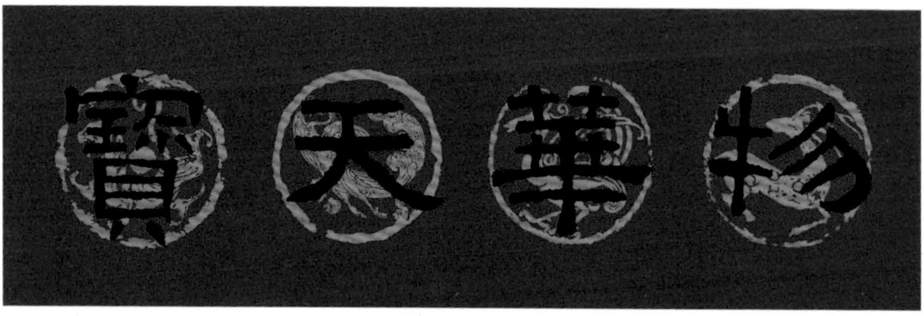

物华天宝

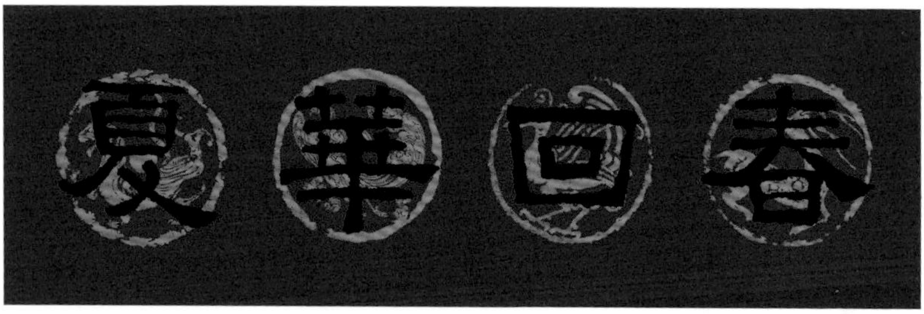

春回华夏

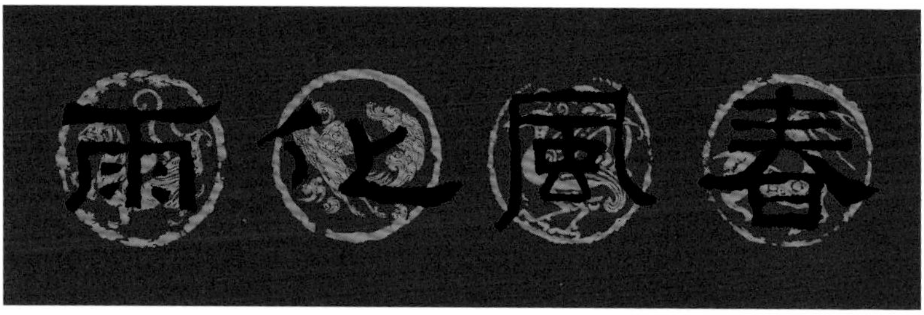

春风化雨

幸福安康

恭贺新春

喜迎新春

福星高照

梅传春讯

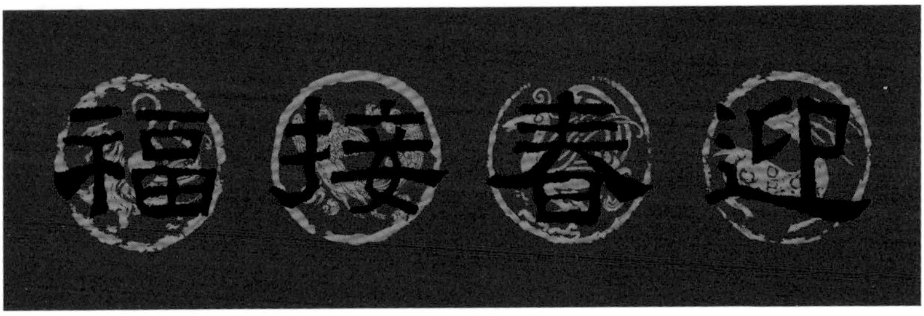

迎春接福

欢天喜地

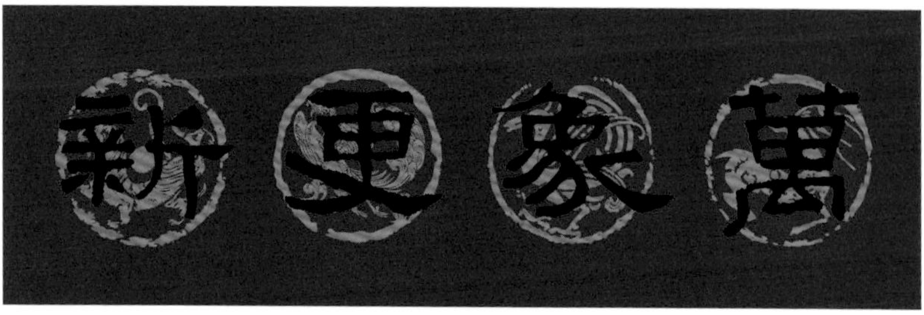

万象更新

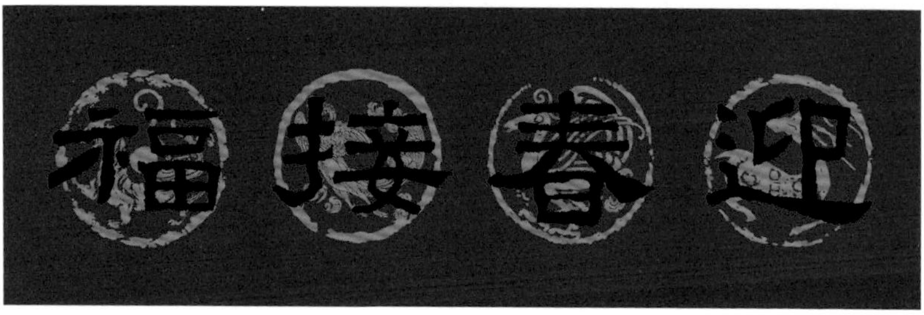

迎春接福

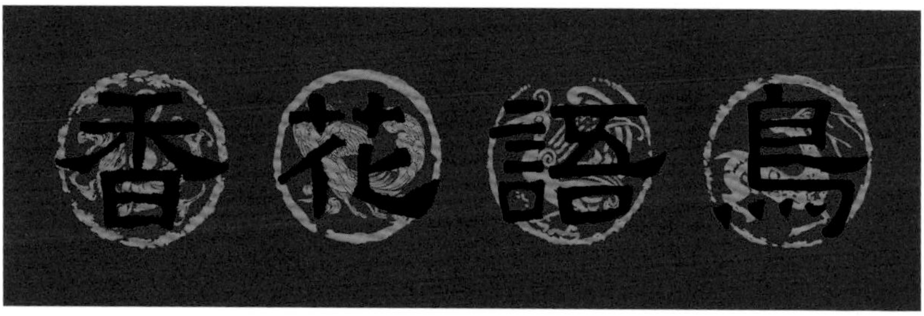

鸟语花香

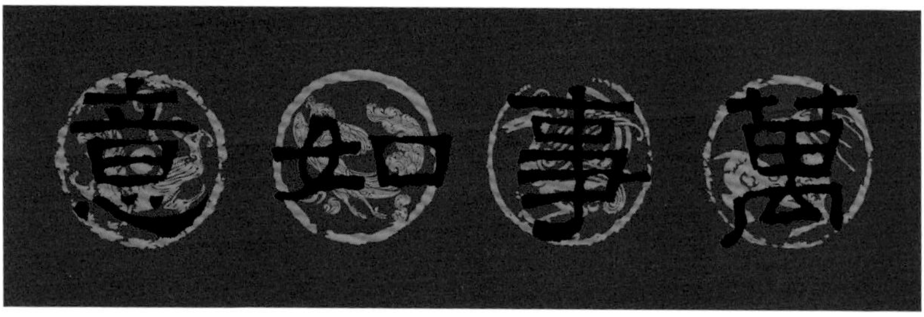

万事如意

百业兴旺

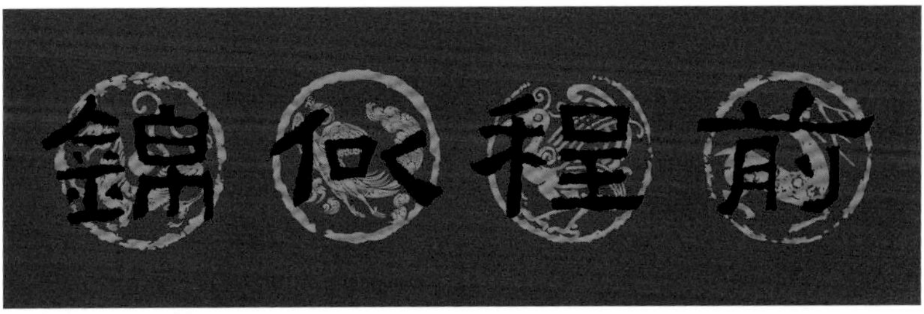

前程似锦

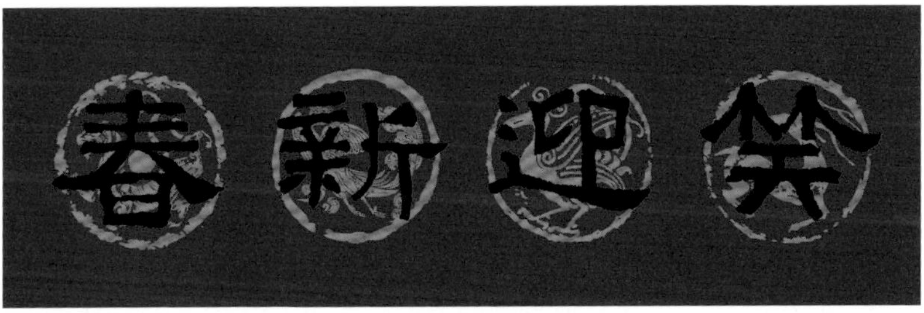

笑迎新春

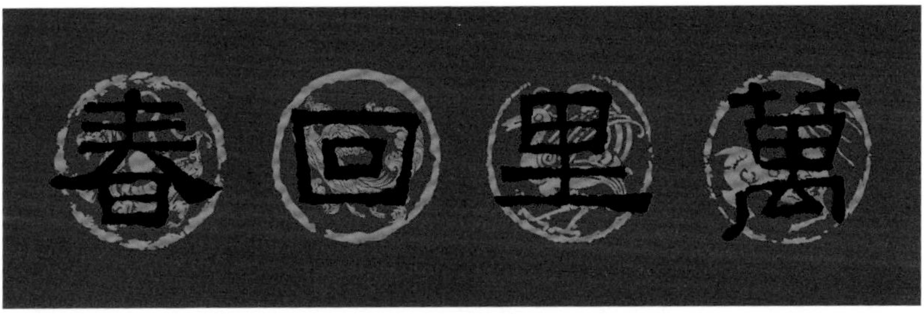

万里回春

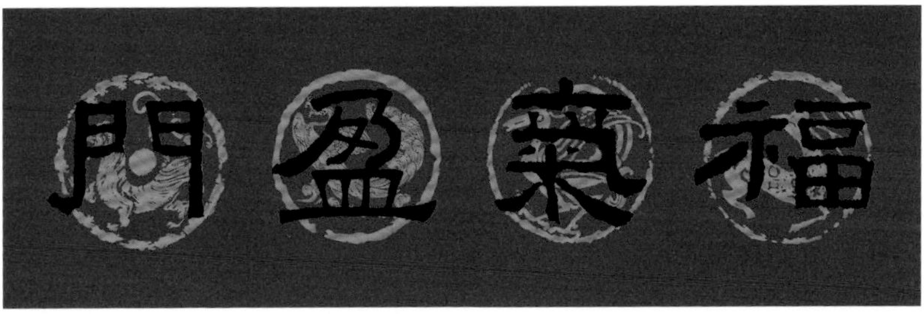

福气盈门

月满春盈

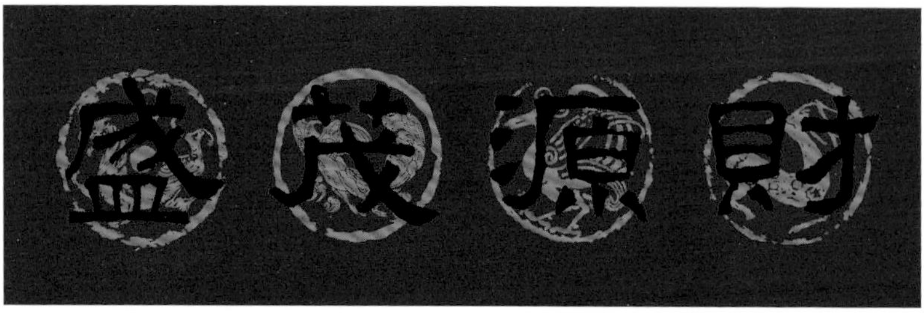

财源茂盛

春回大地

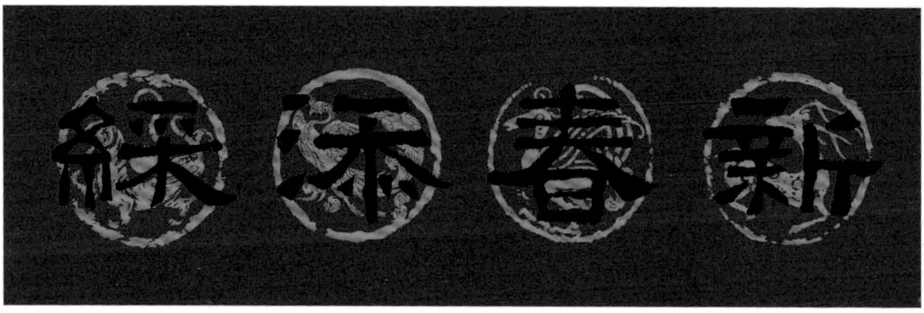

新春添彩

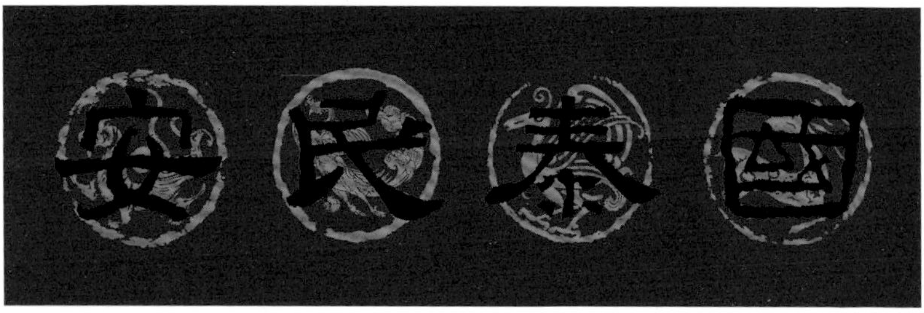

国泰民安